Eliane Schierer

Les enquêtes de Smith et Hard – Tome 1

Meurtre dans le Dorset
suivi de
Meurtre au château de Kingstown
puis de
Mystère à l'hôpital psychiatrique
Black Owl

Books on demand

POISON

MEURTRE DANS LE DORSET

C'est par un beau matin d'été, que l'inspecteur Arthur Smith et le sergent Robin Hard de Scotland Yard, contemplaient le Wren Lake, près de Dorchester dans le Dorset. Enfin, les vacances étaient arrivées. Hard n'avait plus eu de vacances depuis six mois, et Smith depuis quatre mois. Ils avaient quitté le bureau la veille, vendredi, pour s'adonner à leur passe-temps favori, la pêche. Ce calme matinal dans la nature leur faisait le plus grand bien.

Smith avait quarante-cinq ans, Hard vingt-huit. Ce dernier avait été invité par les Smith, n'ayant pas de famille et pas beaucoup d'amis. Ce n'était pas étonnant car son métier l'accaparait un maximum. Mais il adorait cela. Smith lui aussi avait ce métier dans la peau. Madame Béatrice Smith, l'épouse de Smith était également partie avec eux; c'était une belle femme aux cheveux blonds. Elle avait 38 ans.

Elle travaillait comme infirmière dans un hôpital à Londres. Leur petite fille de 10 ans, Abbigail était restée avec Béatrice. Ellel voulait être policière comme son papa. Béatrice espérait qu'elle ne choisirait pas ce métier. *Elle avait de qui tenir, pensa t'elle. Que puis-je faire, rien, car c'était la vie de sa fille, et non la sienne.*

Elles n'aimaient pas la pêche. Elles préféraient visiter la

contrée du Dorset, qui d'ailleurs était magnifique. Il y avait tellement à voir, à contempler. Les Smith avaient loué un petit chalet en bois, tout près du lac. C'était vraiment magnifique. Tout ce joyeux monde allait se retrouver le soir, dans ce petit recoin au milieu d'une contrée bien au calme. Un calme apparent...

Le beau temps était au rendez-vous, il ne pleuvait pas et le jour commençait à se lever. Il devait être aux environs de 6 heures du matin. Il y avait un nuage de brume au dessus du lac. La température avoisinait déjà les 20 degrés. Les premiers canards prenaient leur envol. On les apercevait derrière quelques roseaux. Ils faisaient beaucoup de bruit en agitant leurs ailes. Hard prit ses lunettes d'approche et les observa pendant quelques minutes. *Comme c'est beau, pensa-t-il. Cela fait du bien de se relaxer ainsi au calme.*

Béatrice leur avait préparé du thé et des toasts pour leur petit déjeuner. Hum cela sentait bon. *Une petite pause sera la bienvenue, pensa Smith.* Le parfum du thé s'échappait de la thermos ouverte. Nos deux policiers savourèrent les toasts au bacon et au jambon.

Ils attendaient bien patiemment en visant le bouchon de leur canne à pêche, et hop, première prise pour l'inspecteur Smith. Une belle carpe. Hard demanda à l'inspecteur s'il n'avait pas été opportun de louer une petite chaloupe afin de s'aventurer un peu plus loin sur le lac. Peut-être que la pêche y serait meilleure ? L'inspecteur approuva, et voici donc nos deux compères en route pour le bureau de location qu'ils avaient aperçu en arrivant.

Il était 8 heures du matin, et le petit commerce *CHEZ DOHERTY* venait d'ouvrir. On y vendait des journaux, boissons conserves, haricots, thé, pain, pâtes, fruits, pommes de terre et de la viande congelée. Même du fromage blanc et des yaourts ne manquaient pas sur les étalages de ce petit magasin bien propre et charmant. L'intérieur faisait penser à un vieux bateau amarré sur un lac. Des cordes en chanvre pendaient le long des poutres en bois. Des petits tableaux marins décoraient les murs du magasin. Quelle bonne idée, pensait l'inspecteur. Le propriétaire, il devait avoir les soixante-cinq ans, fumait sa pipe. Il portait des vêtements marins; une longue barbe grise ornait son visage. Il les salua poliment. Soudain l'inspecteur fixa le *DAILY TELEGRAPH* et resta pétrifié. Il appelait Doherty et lui demanda :

— Excusez-moi, Monsieur, c'est bien ici que c'est déroulé le meurtre de cette jeune femme, hier ?

— Oui, la police locale a débuté son enquête. Un couple qui se promenait près de la rive a vu un cadavre flotter dans l'eau. Ils ont alerté tout de suite les policiers. Il s'agit de Madame Sonia Talbot, la femme du richissime entrepreneur de la contrée. Elle avait trente-cinq ans et était nettement plus jeune que son mari Albert. Lui doit avoir cinquante ans.

— Puis-je vous prendre un exemplaire, Monsieur ?

— Oui bien sûr, répondit Doherty. Vous n'êtes pas d'ici n'est-ce pas ?

— Non, nous sommes de Scotland Yard, bureau de Londres, nous passons nos vacances près du Wren Lake. Je suis l'inspecteur Smith, puis-je vous présenter le sergent Hard ?

—Enchanté ! Mais puis-je vous être utile, Messieurs ?

— Oui, nous voudrions louer une petite chaloupe pour aller pêcher sur le lac. Est-ce possible ?

— Bien sûr, suivez-moi.

Doherty avait trouvé une petite chaloupe sans défauts apparents. Il l'avait remis en état au printemps. La peinture était toute fraîche.

— Cela fait 40 livres, Messieurs.

— Voici, fit Smith, et ils s'éloignèrent.

Pendant que les deux policiers étaient sur le lac, Smith lança

à Hard:

— Et si nous nous rendions toute à l'heure au commissariat local ? Ce meurtre m'intrigue. Avez-vous remarqué la beauté de cette femme. Mon Dieu, c'est affreux. Que c'est dommage. Peut- être pourrions-nous aider nos confrères à élucider ce meurtre ?

— Ah inspecteur, répliqua Hard, décidément, vous n'arrivez pas à vous détendre, mais puisque vous y tenez... Mais que va dire votre femme et Abbigail, inspecteur ? Enfin, nous sommes en vacances, pensez-y. Est-ce bien raisonnable ?

— Ne vous inquiétez pas, je vais essayer de négocier. Le cadavre n'attend pas, désolé.

Les policiers avaient faim. Il était midi et ils décidèrent de prendre leur déjeuner dans un petit restaurant, au bord du lac. Au menu: Carpe, salade et pommes de terre au beurre. Les deux enquêteurs partirent, une heure plus tard, pour le commissariat de police de Dorchester. Ils furent accueillis, à la réception, par un agent féminin d'une quarantaine d'années: Mary Hopkins. Ils lui demandèrent s'ils pouvaient être reçus par le ou les inspecteurs chargés de l'enquête.

Hopkins les conduisit dans le bureau de l'inspecteur James Miller, un jeune policier d'une trentaine d'années. Il était courtois mais surpris de voir des collègues de Scotland Yard arriver dans son bureau.

Smith fit les présentations. Après quelques minutes Miller leur raconta que la médecin légiste, Caroline Newark, n'avait pas encore rendu son rapport officiel, mais que l'enquête suivait son cours. Hopkins leur apporta une tasse de thé. Smith demanda :

— Écoutez inspecteur Miller, si vous ne voyez pas d'inconvénient, nous pourrions vous épauler pendant quelque temps, car nous sommes en vacances ici. Nous allons, si vous acceptez bien-sûr, demander une dérogation au commandant Harper de notre unité à Londres, car nous n'avons pas le droit d'exercer à Dorchester. Qu'en pensez-vous ?

— Je n'y vois pas d'inconvénient, répliqua Miller, je vous avoue que j'ai mon confrère qui est parti en vacances. C'est la période. Vous tombez à pic. Êtes-vous certain de vouloir écourter vos vacances ?

— Laissez-moi passer un coup de fil au quartier général, et nous sommes à vous de suite. Et pour ma famille je vais essayer de leur expliquer.

Il était en train de parler au commandant Harper, quand on entendit frapper à la porte du bureau. C'était la médecin légiste, Caroline Newark, une femme d'une cinquantaine d'années, qui entrait. Elle était vêtue d'une blouse blanche qui recouvrait sa silhouette. Elle avait les cheveux châtain clair qui retombaient sur ses épaules. Elle leur fit un sourire en entrant.

— Entrez Caroline, puis-je vous présenter nos collègues

de Londres, l'inspecteur Smith et son collège, le sergent Hard ? Ils vont participer à l'enquête.

— Enchantée, Messieurs.

— Alors voici le rapport temporaire. Nous avons pratiquement terminé l'autopsie. D'ici un ou deux jours mon rapport sera établi.

"Madame Talbot n'est pas morte noyée, mais quelqu'un l'a étranglée avant qu'on la retrouve dans le lac avec sa voiture. Nous avons pu relever des empreintes partielles sur son cou. On a détecté également une grosse pierre près de l'accélérateur. Le meurtrier l'avait bloqué. L'heure de sa mort doit se situer aux alentours de minuit. Elle devait participer à une soirée car ses habits de sortie étaient d'une excellente qualité. Elle avait encore son sac en cuir, on n'a pas touché à l'argent et ses papiers y étaient également. On les a trouvés sur le siège arrière de sa Porsche ainsi que son blazer. De plus le collier en or qu'elle portait vaut une fortune. On peut donc exclure que c'est un vol qui ait mal tourné. Elle était vêtue d'une blouse en soie de chine blanche ainsi que d'un pantalon noir. Le tout d'un couturier renommé de Paris. Peut-être connaissait-elle son meurtrier ? Nous ne devons écarter aucune piste.

"Les bleus sur son corps remontent néanmoins à quelques semaines. C'est étrange. Je pense que les deux sortes de blessures ne sont pas liées entre elles. Nous avons également prélevé de minuscules particules de tissu, du tweed à rayures beige, et des particules de peau entre son index. Peut-être a t- elle essayé de se défendre ? Peut-être a t- elle blessé son meurtrier ? En plus ce qui est navrant, Sonia Talbot était enceinte de trois mois. Quel gâchis, mon Dieu ! A vous d'enquêter à qui appartiennent le tissu et les particules de peau."

— Madame Newark, répondit Smith, par la même occasion, j'aimerais savoir si l'enfant était bien celui d'Albert Talbot, sait-on jamais !

— Je vais faire le nécessaire. En effet, je n'y avais pas pensé. Merci d'avoir envisagé également cette hypothèse. Dans la vie, les choses sont différentes souvent de ce que l'on croit. Si vous avez d'autres questions n'hésitez pas, lança-t-elle aux policiers.

Les policiers la remercièrent et elle s'éloigna.

— Bon, fit Miller, que suggérez-vous inspecteur ?

— Eh bien, je pense qu'il faut commencer à enquêter d'abord du côté de son mari, de sa famille, de ses amis.

— D'accord, je vais parler au mari aujourd'hui. Cela ne devrait pas durer trop longtemps, je présume. J'essaierai de savoir à quelle soirée Sonia Talbot avait participé hier soir.

— Très bien, répliqua Smith, si vous ne voyez pas d'inconvénient, nous allons vous accompagner, inspecteur ?

— Oui, bien sûr, on y va ?

Les trois policiers sonnèrent à la porte d'Albert Talbot. Un homme presque chauve leur ouvrit. Monsieur Talbot portait un training de couleur noir et un T-shirt blanc. Il avait l'air abattu. Ses yeux étaient cernés et rougis. Il avait très mauvaise mine.

— Pouvons-nous vous poser quelques questions Monsieur Talbot ? demanda Miller. Je sais que le moment est peut-être mal choisi, mais nous devons enquêter sur le meurtre de votre femme, Sonia. Toutes nos condoléances Monsieur Talbot.

— Merci, veuillez rentrer, Messieurs. Plus vite cette enquête sera terminée, et mieux ce sera pour moi.

— Puis-je vous présenter nos collègues de Scotland Yard de Londres ? Voici, l'inspecteur Smith et le sergent Hard.

— Voulez-vous prendre un thé, Messieurs ? lança Albert Talbot.

— Avec plaisir.

Il appela la gouvernante, Madame Bertie Winter, une dame d'une soixantaine d'années. Elle avait un visage rayonnant et très sympathique.

— Bertie, auriez-vous l'amabilité de nous servir du thé ?

— Bien sûr Monsieur !

Et Bertie s'exécuta.

— Bon, fit Miller, venons-en au fait. A quelle heure avez-vous vu votre femme pour la dernière fois, Monsieur Talbot ?

— Oh, il devait être aux alentours de 20 heures du soir, avant hier. Elle devait se rendre à un vernissage à la galerie St. James de Dorchester. Une de ses amies, Mary Angus, une artiste renommée de Londres, donnait une réception suite à son exposition de tableaux à la galerie. Elle est très connue dans son milieu à Londres. Elle a des clients un peu partout dans le monde. Mary et Sonia avaient le même âge. Elles se sont connues à l'université d'Oxford. Toutes les deux étaient des artistes. Sonia faisait du théâtre et Mary adorait la peinture. Je n'ai pas accompagné Sonia, car j'étais souffrant avant hier. Je lui ai suggéré d'y aller sans moi. Bertie est restée jusqu'à 22 heures avec moi. Puis elle est montée se coucher. Nous lui avons proposé de vivre avec nous. Elle n'a plus de famille. Elle nous est fidèle depuis de nombreuses années; elle est discrète et elle travaille bien. Je me suis couché également vers 22 heures. Sonia et moi faisions chambre à part. De plus j'ai pris un somnifère. Mais à quelle heure ma femme est-elle décédée ?

— Oh vers minuit, Monsieur Talbot, rétorqua Miller.

— Sonia ne voulait pas partir sans moi au début, continua Talbot, mais je l'ai convaincu. Je ne voulais en aucun cas qu'elle se prive à cause de moi. Mon Dieu si seulement j'étais allé avec elle, c'est trop tard maintenant. Je m'en veux terriblement. S'il vous plaît faites le maximum pour retrouver l'assassin. Ma vie n'a plus de sens maintenant, j'aimais Sonia. Quand pourrais-je organiser son enterrement ?

— Je pense d'ici quelques jours, Il faut que notre médecin légiste termine l'autopsie. Nous vous tiendrons au courant de l'enquête Monsieur Talbot. Au fait, saviez-vous que votre femme était enceinte de trois mois ?

Soudain l'expression du visage d'Albert Talbot changea. Il était devenu blanc comme un linge. Le son de sa voix était devenu strident. Son regard semblait perdu et ailleurs.

— Eh bien pour une nouvelle, c'en est une de taille. Sonia aimait les enfants. Mais moi je suis stérile, donc l'enfant n'était pas de moi. Jouons cartes sur table voulez-vous ? De toute façon vos analystes trouveront le vrai père. Sonia était une artiste. Je savais qu'elle a ou avait eu des amants. Elle était bien plus jeune que moi, et je ne me faisais plus d'illusions à son sujet. Que pouvais-je espérer à part sa présence ? Mais je vous avoue que sa mort m'attriste énormément, car je l'aimais.

— Nous allons faire le maximum Monsieur Talbot. Nous vous remercions. Nous allons nous revoir bientôt.

Et les policiers s'éloignèrent.

— Qu'en pensez-vous ? lança Miller en regardant l'inspecteur Smith

— Il m'avait l'air réellement très éprouvé par la perte de sa femme. Il me fait de la peine. Sa vie de couple était un château de sable.

— Quelle drôle de situation, l'amour rend aveugle, ne trouvez-vous pas ?

— En effet, répondit Hard.

— Je vais appeler Caroline pour lui dire que l'enfant n'est pas celui d'Albert Talbot, lança Miller.

— Nous allons continuer demain avec vous, veuillez nous excuser fit Smith, ma famille devrait nous attendre au chalet. Il se fait tard et ils ne sont pas encore au courant.

— A demain, répondit Miller, et merci pour votre aide.

Smith et Hard s'éloignèrent. Il était aux environs de 19 h 30. Abbigail s'élança vers son père. Elle lui raconta leur journée formidable. Puis l'inspecteur expliqua brièvement à sa femme comment lui et le sergent Hard avaient décidé d'aider les forces de l'ordre pour élucider le meurtre de Sonia Talbot. Béatrice eut soudain une réaction violente et inattendue. Son visage était rouge de colère. Normalement c'était une jeune femme qui ne s'énervait que très rarement, car elle était calme et posée. Smith ne s'attendait pas à cela.

— Dis-donc Arthur, tu ne crois pas que tu pousses le bouchon un peu trop loin ? Ce n'est pas la première fois que tu écourtes nos vacances. C'est la goutte d'eau qui fait déborder le vase maintenant. On en a marre de cette situation, Abbigail et moi, cela ne peut plus continuer ainsi. J'ai fermé les yeux pendant de nombreuses années. Maintenant ça suffit ! Laisse-nous au moins nos vacances. Ton travail, ton travail on n'entend que cela ! J'ai lu ce matin dans le journal qu'un meurtre s'était passé ici, mais loin de moi l'idée que mon mari veuille jouer au bon samaritain.

Smith, abasourdi lui répondit :

— Je m'excuse Béatrice, j'aurais dû d'abord te demander ton avis avant d'agir, mais bon j'ai ce métier dans la peau. Je me vois mal assis à un bureau et travailler pendant huit heures derrière un ordinateur. Nous en avions parlé avant de nous marier.

— Mais ce n'est plus tenable, je ne vois même plus mon mari pendant les vacances. Tu aurais pu faire un effort cette fois. Décidément c'est une déformation professionnelle chez toi !

— Je vous promets, dès que cette enquête sera terminée, de prolonger nos vacances en Ecosse. Je m'occuperai de la réservation d'un petit cottage. Désolé, cette enquête je la finirai coûte que coûte. J'ai engagé ma parole.

Béatrice ne répondit pas et s'éloigna dans la cuisine, le visage en larmes. Hard, ne sachant plus quoi dire la suivit et l'aida de son mieux. Abbigail avait l'air déçue, mais elle ne disait rien. C'était étonnant de sa part.

— Bon d'accord papa, c'est super pour l'Ecosse. Mais tu sais maman est en colère maintenant et moi je suis déçue. Mais bon j'essaie de te comprendre. Car moi aussi je veux faire ton métier plus tard.

Et elle aussi se dirigea vers la cuisine. Elle fit la moue. Béatrice avait préparé des fish and ships pour le dîner avec une salade. Ils avaient ramené quelques provisions de Londres, mais il faudrait faire les courses lundi. Heureusement que *DOHERTY* n'était pas loin. Il avait presque tout en stock dans son magasin.

L'ambiance était à couper au couteau. Après le dîner, Smith ouvrit le poste de télévision, mais il s'endormit après 10 minutes. La journée avait été éprouvante. Hard avait également du mal à rester éveillé. Vers 22 h 30, la lumière s'éteignit au chalet. Tout le monde monta se coucher. Béatrice était au le lit mais ne s'endormait pas.

Elle était encore en colère. Arthur essaya de la consoler, mais elle refusa.

— Chérie, je te demande pardon.

Béatrice ne répondit pas. Dans la nuit on entendit les cris des chouettes. Le reflet jaune de leurs yeux était impressionnant.

Le jour commençait à se lever. Il était 7 heures. Smith désirait faire une surprise à sa famille. Il voulait se faire pardonner. Il courut vite chez *DOHERTY* et acheta un bouquet de fleurs pour Béatrice et des petits pains et des Cornflakes pour Abbigail. Il était en train de brancher la cafetière quand il fût rejoint par Hard. Hard considérait Smith un peu comme son grand frère. Le pauvre avait perdu ses parents à l'âge de dix ans dans un accident de la circulation. Il était fils unique.

Vers 8 heures Béatrice et Abbigail se levèrent.

— Bonjour papa, maman, vous avez bien dormi tous les deux ?

— Oui Abbigail, et toi ?

— C'est calme par ici, je n'ai entendu que les chouettes.

Béatrice avait l'air un plus apaisée que la veille.

—Hum ca sent bon, fit-elle.

— Nous nous sommes dit cela vous ferait plaisir, Madame Smith, lui dit Hard.

Béatrice regarda la table bien dressée, les belles roses rouges, les petits pains, et pensa : *l'orage est passé!*

— Merci à vous deux, fit-elle du bout des lèvres.

Ce n'est pas encore gagné, pensa Smith. Après dix

minutes il se leva et se dirigea vers Béatrice et Abbigail. Il les embrassa.

— Bon nous devons partir, je vous appellerai au courant de la journée.

Ensuite les deux collègues passèrent au commissariat de Dorchester. Il était 8 h 30 du matin. Miller était déjà plongé dans son journal. Il leur souriait.

— Alors Messieurs, avez-vous bien dormi ?

— Oh, comme deux sacs, fit Smith.

— Et votre famille, que dit-elle ?

— Ca va !

Mais sa voix le trahissait; Miller l'avait remarqué. Il évitait d'évoquer la colère bien compréhensive de sa femme.

— Donc, répliqua Miller, je pense que vous êtes d'accord de nous rendre à la galerie pour interroger Mary Angus ?

— Bien-sûr, rétorqua Smith, allons-y. Nous pourrions lui demander la liste des invités, qu'en pensez-vous ? J'ai l'impression que le meurtrier se trouvait à cette fameuse soirée.

— Bien inspecteur, c'était également mon idée, répondit Hard.

— Au fait inspecteur Miller, que dit le docteur Newark au sujet des prélèvements ?

— Les traces d'ADN du présumé meurtrier ont été comparées avec notre fichier central. C'est négatif. Sonia a eu des rapports sexuels avant sa mort. C'est certain. L'ADN retrouvé sur les bouts de tissus et sur la peau sous son index ne sont pas de la même personne. Les personnes ne sont pas fichées, il n'y a pas d'information à leur sujet dans le fichier central, désolé, cela complique l'enquête.

— Allons-y, fit Miller.

La galerie était à cinq kilomètres du commissariat de police. Mary Angus les attendait. C'était une très belle femme brune, d'une allure très élégante. Elle portait un tailleur Chanel.

— Bonjour Messieurs, comment puis-je vous aider?

— Madame Mary Angus ?

— Oui, c'est moi.

— Voici le sergent Hard, et l'inspecteur Smith de Scotland Yard de Londres. Je suis l'inspecteur Miller.

— Enchantée. Je suis tellement triste depuis la mort de Sonia. C'était une très bonne amie, je ne comprends pas qui pouvait lui en vouloir à ce point pour la tuer ? C'est inimaginable. Sonia et moi nous nous connaissions depuis vingt ans. Nous étions comme des sœurs.

— Et pourtant Madame, quelqu'un lui en voulait au point de vouloir la supprimer, répliqua Miller. Pourriez-vous nous donner la liste des personnes qui étaient présentes à votre vernissage, avant- hier, s'il-vous plaît ? Y avait-t-il une caméra de surveillance dans la galerie ?

— Bien-sûr j'ai la liste des invités de cette soirée, je vais vous la donner. Et pour répondre à votre deuxième question : oui il y avait une caméra de surveillance, vous savez depuis quelques années j'ai contracté une assurance contre le vol. Hélas il n'y en a pas à l'extérieur. Depuis que j'ai percé à Londres, il valait mieux agir ainsi. Mes tableaux ont de la valeur. Veuillez patienter quelques instants, je vais vous faire une copie de la liste des invités.

Après trois minutes, Mary revint.

— La voilà, et voici l'enregistrement. J'espère que vous allez retrouver le ou la coupable. Tenez-moi au courant s'il vous plaît.

— Nous vous remercions pour votre aide, fit Hard. Nous allons faire le maximum pour retrouver l'assassin. Nous aurons besoin de votre aide pour vérifier l'identité de vos invités.

— D'accord, si vous voulez je peux venir vers 11 h 30, pour vous indiquer l'identité des personnes de l'enregistrement.

Et les trois policiers s'éloignèrent. Il était 10 h du matin, le soleil brillait de toutes ses forces, il faisait déjà 25 degrés, la journée s'annonçait chaude. Dès leur arrivée au commissariat de police, Miller prit la liste et en fit une copie à ses deux collègues.

— Donc, récapitulons, dit Smith !

Il se leva et marqua le nom des invités sur un grand tableau.

— Nous devons considérer toutes les personnes de cette liste comme des suspects potentiels, hommes ou femmes. Cela va nous prendre du temps pour les contacter et pour les questionner, car tout ce beau monde est déjà parti, mais tant pis. Il faudra qu'ils reviennent tous. Ce meurtre doit être élucidé, c'est une évidence, mais nous sommes à trois, donc, restons positifs. Je commence :

♠. Mary Angus qui a organisé le vernissage
♠. Sonia Talbot, notre victime
♠ Rose Fisher de Londres
♠. Robert Albright de Dorchester
♠. Paris Newton de Londres
♠. Eleonora de Winter de Londres
♠. Monsieur James et Madame Caroline Candle de Brighton
♠. Monsieur Keith et Madame Nadia Mc Donald de Bournemouth
♠. Monsieur Abdullah et Madame Zahia Ben Salem deTunis
♠. Monsieur Johnny Cranberry de Dorchester
♠. Michael le Majordome qui a servi les invités pendant le vernissage et sa femme, Maria, qui est arrivée à la fin.

— Bon, s'interrogea Miller, comment allons-nous nous organiser pour contacter et prendre les dépositions de toutes ces personnes ?

— Je suggère, rétorqua Smith, que l'inspecteur Hard

commence par Rose Fisher, Robert Albright et Paris Newton. Je vais essayer de contacter Eleonora de Winter et M. et Mme. Candle.

— Bien, répondit Hard, je suis d'accord.

— Et vous inspecteur Miller, est-ce que ça ira pour les Ben Salem de Tunis et Johnny Cranberry, demanda Smith ?

— Oui c'est parfait, mettons nous au travail ! En ce qui concerne Mary Angus, elle va bientôt arriver. Je me chargerai également des Mc Donald et du majordome.

Soudain on frappa à la porte. Il était 11 h 30. Mary Angus entra.

— Voici Messieurs, je suis prête pour l'identification des personnes de la liste d'invitation. Nous pouvons donc visionner l'enregistrement. J'ai accueilli personnellement les invités.

— D'accord, fit Miller, vous nous expliquerez juste qui est qui et nous examinerons le reste de l'enregistrement. Ca dure combien de temps ?

— Eh bien je pense que c'est trois heures, répliqua Mary Angus.

— Nous pouvons y aller, pourriez-vous démarrer l'enregistrement ? demanda Miller à Hard.

Et Mary fit la présentation des invités. Quelle femme élégante était Sonia Talbot ! Après une demi-heure les policiers remercièrent Mary. Elle avait fourni les informations nécessaires quant à l'identité des invités. Il était midi.

— Madame Angus, nous allons vous convoquer pour prendre votre déposition, s'exclama Smith, veuillez ne pas quitter la ville, nous vous contacterons ultérieurement.

— Bien sûr, je suis à votre disposition.

— Sergent Hard, remarqua Smith, est-ce possible d'arrêter un moment la vidéo, je pense que tout le monde a faim. Inspecteur Miller, Sergent Hard, je vais nous commander une Pizza, ainsi nous pourrons continuer à travailler sans être dérangés. Vous êtes mes invités !

— Merci beaucoup inspecteur, fit Miller, c'est une bonne idée. J'ai le numéro de téléphone de la pizzeria de la rue adjacente à la nôtre, et les pizzas y sont très bonnes.

Miller passa la commande. Les policiers regardaient attentivement l'enregistrement et observaient les faits et gestes de tout le monde.

— Nous devons surtout faire attention à la personne ou aux personnes qui seront absentes vers la fin de la vidéo, dit Miller.

Cela faisait bien 1 heure 30 qu'elle défilait. Soudain on frappa à la porte. C'était le livreur de Pizza. Il leur fit cadeau d'une bouteille de Chianti. Hard stoppa la vidéo. Smith paya le livreur. Il était 13 heures. Les enquêteurs mangèrent leur pizza. Vers 13 h 30, ils continuèrent de visionner le restant de l'enregistrement. Il restait environ trente minutes.

— Bon, fit Miller, qu'avez-vous remarqué ?

— Bon, répondit Smith, Sonia Talbot est partie vers 23 h 40. Robert Albright est parti aux environs de 22 h 10. Paris Newton aux environs de 22 h 15 et Johnny Cranberry vers 22 h 30. Donc chacune des personnes absentes ne peuvent pas être les meurtrières. Mais tout est possible. Elles auraient pu revenir et se cacher en attendant la sortie de Sonia. Il n'y a rien de plus perfide qu'un meurtre. Ce n'est pas toujours ce que l'on voit qui compte, mais ce que l'on ne voit pas.

— Très bien, rétorqua Miller, mais quelqu'un d'autre aurait pu lui en vouloir, quelqu'un qui n'était pas au vernissage. Nous devrons tâcher d'en apprendre un peu plus sur Sonia. Qui était son amant ? Est-ce que quelqu'un la faisait chanter ? Est-ce quelqu'un était jaloux d'elle ? A quoi était-elle mêlée ? Nous devons explorer toutes les pistes. Albert Talbot aimait profondément sa femme, avec tout ce qu'elle lui a fait subir, c'est inimaginable. Nous devons donc chercher dans toutes les directions possibles.

—Mais nous avons oublié Mary Angus ? rétorqua

Hard. Elle est partie la dernière aux environs de 23 h 40. Si vous permettez, fit-il, je vais commencer par contacter Rose Miller et Robert Albright.

— D'accord, et moi je vais contacter les Ben Salem, cela va être compliqué s'ils sont retournés au pays, répondit Miller.

Par chance les Ben Salem, étaient encore à Londres. Miller les convoqua pour 16 heures. Robert Albright allait passer le lendemain matin.

— N'oubliez pas de leur faire le test ADN, suggéra Miller.

Vers 16 heures les Ben Salem étaient assis dans le bureau. C'étaient des gens aisés, mais très sympathiques. Ils n'étaient pas arrogants ce qui facilita l'enquête. C'étaient des clients de Mary Angus. Ils lui avaient acheté déjà trois tableaux. Son style leur plaisait. Ils connaissaient également Sonia Talbot, car ils l'avaient rencontrée à plusieurs vernissages. Ils déclarèrent qu'ils avaient quitté le vernissage aux environs de 23 heures. Ce qui, d'après l'enregistrement de la cassette était exact. Ensuite ils se seraient rendus au *GRAND HOTEL*. Miller appela le portier qui confirma leurs dires. Il dit au portier de venir signer sa déposition. Il remercia les Ben Salem qui repartirent.

— Encore une dernière question Monsieur et Madame Ben Salem, est-ce que vous possédez un vêtement en Tweed à rayures ?

— Non, répondirent-ils tous les deux.

— Vous pouvez venir à l'hôtel et vérifier si vous le souhaitez, nous n'avons rien à cacher, ajouta Zahia.

— Ce ne sera pas nécessaire, néanmoins laissez-moi un numéro de téléphone si jamais j'avais encore des questions à vous poser s'il vous plaît. Vous pouvez repartir maintenant à votre hôtel.

— Quand peut-on repartir pour Tunis ? s'exclama Madame Ben Salem

— D'ici deux ou trois jours, répondit Miller. Nous allons vous avertir.

Après leur départ, Miller dit :

— Bon nous pouvons exclure les Ben Salem, ils ont un alibi, et je pense qu'ils n'avaient aucune raison valable pour vouloir assassiner Sonia Talbot.

Ensuite les policiers s'affairèrent dans leurs dossiers. Il était 17 h 30. Soudain Miller dit :

— Arthur, Robin, si vous le souhaitez, nous allons en rester là pour aujourd'hui. Le prochain témoin est Rose Fisher et ce sera pour demain matin !

Il avait bien remarqué que Smith n'était pas à son aise le matin quand il lui avait demandé s'il avait eu des problèmes avec sa femme, car lui aussi savait comment réagissait la gente féminine. Il était marié à une Irlandaise au tempérament fougueux.

— Eh bien d'accord, firent Smith et Hard

Ils s'éloignèrent. En rentrant Smith appela sa femme.

— Allo Béatrice, où êtes-vous ? On arrive, on vous rejoint.

— Où sont-elles ? demanda Robin.

— Au Zoo.

— Eh bien allons-y, ça nous changera un peu, répondit Robin.

— Oh Oui, rétorqua Smith, ça nous permettra de détendre un peu l'atmosphère.

Béatrice souriait. Mais elle parlait peu. Elles étaient près des éléphants. Smith alla chercher de quoi boire.

— Où voulez-vous aller manger ce soir ? demanda-t-il en regardant Béatrice et sa fille

— Oh j'aimerais bien aller manger au *Wan Tang*, le restaurant chinois.

— Moi aussi, fit Abbigail, hum c'est une bonne idée.

— Et vous Robin ? demanda Béatrice.

— C'est d'accord, j'adore la cuisine chinoise.

Ils prirent tous des mets différents. Ils étaient assis au tour d'une table pivotante, ce qui amusa beaucoup Abbigail. De jeunes pousses de bambou étaient posés sur les bords des fenêtres. Puis vers 22 heures tout ce joyeux petit monde se retrouva de nouveau au chalet. Une journée éprouvante touchait à sa fin.

— Merci Arthur d'avoir fait un effort, remarqua Béatrice.

— J'ai appris la leçon chérie, dit-il en souriant.

A 7 heures tapantes le lendemain , Smith se dirigea vers la cuisine; il pleuvait dehors. *Ah, pensa t'il, c'est justement une journée pour la visite du musée de jouets, ça tombe à pique.* Il commença à mettre l'eau chaude et la cafetière en route. Il y avait encore assez de lait et des Corn Flakes pour Abbigail. Vers 7 h 30 Hard le rejoignit. Il l'aida à dresser la table. Béatrice les rejoignit un quart d'heure plus tard.

— Alors, demanda Smith, quel est le programme de la journée Mesdames ?

— Eh bien, répondit Béatrice, nous allons d'abord en bus à Dorchester visiter le musée des jouets puis le musée d'archéologie, et enfin nous irons au marché, il est très grand, je l'ai vu sur les prospectus.

— On peut essayer de vous rejoindre au restaurant *CHEZ GIANNI*, rétorqua Smith.

— D'accord Arthur, fit Béatrice.

— Les policiers quittèrent le chalet aux environs de 8 h 45. A 9 heures ils entrèrent au commissariat de police. Miller les attendait.

— Alors inspecteur comment ca va ? Que fait votre famille ?

— Oh on va essayer de les rejoindre vers midi chez *Gianni.* Voulez-vous nous accompagner ?

— Non, non, allez-y inspecteur, répondit Miller, allez-y inspecteur, je vais me chercher un petit encas.

Rose Fisher va arriver à 10 heures et Robert Albright aux

environs de 11 h 30. Il ne peut pas venir cet après-midi. Comme le sergent questionnera Albright et Rose Fisher, pourriez- vous s'il vous plaît contacter Eleonora de Winter et les Candle ?

— Bien sûr.

Et Smith se mit au travail.

— J'ai pu contacter Eleonora de Winter, dit Smith après un certain laps de temps, elle est à Bournemouth pour se reposer, m'a-t elle dit. Elle vient au commissariat vers 15 heures. Pour les époux Candle, ils arriveront demain matin à 9 h 30. Je me suis également permis de contacter Mary Angus pour prendre sa déposition. Elle va venir vers 17 heures aujourd'hui.

— Paris Newton, je l'ai appelé hier après-midi, rétorqua Hard, elle va venir vers midi, je m'occupe de sa déposition.

— Pour Johnny Cranberry, s'exclama Miller, je l'ai appelé hier après-midi, il viendra dans une demi heure. Je prendrais l'autre bureau, dit-il à Hard, comme cela vous pouvez interroger Albright. Les Mc Donald vont venir vers 16 heures aujourd'hui. Je m'en chargerais également. Ah il manque le majordome, je l'ai oublié celui-là.

— Je m'en charge, répondit Smith, il n'a pas quitté la soirée, donc il pourra peut être nous aider. En espérant qu'il ait remarqué quelque chose !?

— Après cela nous n'aurons plus personne à convoquer, répliqua Miller. J'espère que nous allons bien progresser aujourd'hui. J'ai le pressentiment que cette enquête va prendre de l'ampleur.

Vers 10 heures on frappa à la porte du bureau. C'était une créature frêle qui rentra, Rose Fisher. Elle devait avoir entre 38 et 40 ans. Ses cheveux roux coupés courts couronnaient un petit visage parsemé de minuscules tâches de rousseur.

— Bonjour Madame Fisher. Veuillez prendre place, fit Hard. Voulez-vous un verre d'eau ?

— Oui bien volontiers.

— Alors racontez-moi, quel était votre lien avec la

victime, Sonia ? demanda Hard.

— Sonia était ma cousine. Nous nous entendions bien, même si nous étions totalement différentes. Sonia avait très bon coeur. Certes elle était, en ce qui concerne ses relations intimes, un peu déconcertante. On n'arrivait pas à la cerner. Mais c'était une bonne personne. Elle adorait aider son prochain. Et sa vie intime est censée n'intéresser personne.

— Quel métier exercez-vous Madame Fisher ?

— Je suis laborantine. J'aime ce métier, c'est devenu ma passion.

— Connaissiez-vous des ennemis à Sonia ? Vous a-t-elle parlé de quelqu'un en particulier ? Est-ce que quelque chose la tracassait ?

— Non, pas que je sache.

— A quelle heure êtes vous partie, Madame Fisher, demanda Hard ?

— Oh il devait être aux alentours de 23 h 40/45. Je crois que Sonia a dû sortir au même moment. Elle s'est dirigée vers le parking. Il y avait encore une voiture qui y était garée, mais hélas je n'ai pas vu qui était à l'intérieur. C'était une grosse berline de couleur rouge je crois me souvenir maintenant.

— Est-ce qu'une tierce personne peut confirmer votre alibi Madame ?

— Attendez, laissez-moi réfléchir, ah quand je suis revenue à la maison j'ai vu Henriette Folkner à la fenêtre. Elle souffre souvent d'insomnies. Nous avons échangé quelques mots. Je vais vous donner son numéro de téléphone, vous pouvez l'appeler si vous le souhaitez, sergent. Elle m'amène souvent du gâteau. Elle vit seule, tout comme moi.

— Merci, c'est très bien. Possédez-vous un vêtement en tweed rayé, Madame Fisher ?

— Non sergent, je ne porte pas de tweed, vous pouvez venir vérifier chez moi à la maison, si vous le souhaitez ?

— Nous allons vérifier vos dires. Veuillez néanmoins

vous tenir à la disposition de la justice, dans le cas où nous aurions encore des questions à vous poser. Merci.

— Bien sûr, au revoir.

Et Rose s'éloigna. Smith sortit du bureau et téléphona à Caroline Newark.

— Allô, Caroline, est-ce que vous pouvez aller sur le parking derrière la salle du vernissage, chercher des mégots de cigarettes ou d'autres indices qui pourraient nous permettre d'identifier l'assassin. Nous pensons que le ou la meurtrière a assassiné Sonia sur le parking. Il n'a pas plu les trois derniers jours, alors peut-être aurons- nous de la chance. Le parking est certainement la scène de crime. Je n'ai pas de preuves, mais j'en ai la conviction.

— D'accord, Parker et moi-même allons y jeter un coup d'oeil.

Les policiers entendirent des pas. C'était Robert Albright qui entrait. C'était un bel homme. Il devait avoir aux alentours des 35 ans. Il avait les cheveux blonds, les yeux bleus. Il était vêtu d'un Jean et d'une chemise blanche, un pullover rouge reposait sur ses épaules. C'était un artiste un peu excentrique et son ton narquois déplût aux enquêteurs.

— Alors Messieurs, fit-il, que puis-je faire pour vous aider ?

— Puis-je vous présenter l'inspecteur Miller de la police locale, voici l'inspecteur Smith et moi, je suis le sergent Hard. L'inspecteur et moi sommes de Scotland Yard, bureau de Londres. Nous aidons l'inspecteur Miller pour élucider ce meurtre. Veuillez me suivre, s'il vous plaît. Pourriez-vous me dire, où vous étiez entre 23 h 30 et minuit, la nuit du meurtre ?

— Ah, je suis donc suspecté d'avoir assassiné Sonia ? fit Albright d'un ton cynique.

— C'est la procédure, merci de me dire ce que vous avez fait pendant ce temps ? Est-ce que quelqu'un peut confirmer vos dires ?

— J'ai quitté le vernissage aux environs de 22 h 10. Puis je suis allé au bar du coin, le *LOCH NESS*, pour boire un verre. J'ai quitté le *LOCH NESS* aux environs de minuit. J'y ai rencontré un vieux copain Allan Fissler. Je vais vous noter son numéro de téléphone ainsi que le numéro du *LOCH NESS*, ainsi vous aurez vos preuves et la preuve de mon innocence.

Hard se dit qu'au fond cette arrogance cachait certainement une peur ou quelque chose d'autre. Il appela le *LOCH NESS et Alan* Fissler. Tous les deux confirmèrent les dires d'Albright. Hard dit au tenancier du bar et à Fissler de venir signer leur déposition. Soudain son visage changea de couleur. Il vérifia le test d'ADN qu'il venait de pratiquer sur Albright.

— Dites-moi Monsieur Albright, quelle était votre relation avec Sonia Talbot. Vous la connaissiez bien ? Était-elle une amie intime ? Notre médecin légiste a trouvé des particules de peau sous son index qui correspondent à votre ADN. Comment est-ce possible ? Possédez-vous un pantalon ou un veston en tweed beige, Monsieur Albright ?

Un peu gêné Albright lui confirma qu'ils étaient amants.

— Mais pourquoi vous ne me l'avez pas dit plus tôt ? demanda Hard.

— Mais pour la bonne raison que vous ne me l'avez pas demandé, sergent.

— Cessez d'ironiser Albright, j'ai ici des preuves qui peuvent vous mettre en prison pour le restant de vos jours.

— Je n'ai pas tué Sonia, je le jure, sergent. Je l'aimais. Elle m'aimait également, mais elle ne voulait pas quitter son mari Albert qui était souffrant. C'était sa mauvaise conscience qui la rendait vulnérable. Albert l'avait beaucoup aidé quand elle était dans le pétrin. Elle n'avait pas d'argent et de plus elle était accroc à l'Opium. Elle n'avait pas percé au théâtre. Albert en est encore très amoureux, il aurait tout fait pour elle. Notre relation durait depuis plus d'un an.

— Mais pourquoi vos particules de peau se trouvaient sous son index, demanda Hard ?

— Pour la bonne raison que nous nous adonnions de temps à autre à des jeux amoureux un peu hors norme, vous comprenez sergent ?

— Je vois, fit Hard, d'où également les bleus sur son corps.

— Et pour le tweed je n'ai pas de costume ou veste beige. Vous pouvez venir vérifier chez moi.

— Saviez-vous que Sonia était enceinte ? demanda Hard.

— Quoi, ce n'est pas possible, je l'ignorais. Mon Dieu c'est atroce ! Je l'ai perdu pour toujours. Moi aussi j'en étais dingue, à ma façon.

— Quel métier exercez-vous ?

— Je suis photographe, et je dois dire que mon magasin ne marche pas trop mal. J'y ai connu Sonia. Elle était venue pour son passeport.

— Connaissiez-vous tous les invités de la soirée ?

— Oui, car c'était presque toujours les mêmes personnes qui étaient invitées. Nous échangions quelques paroles de politesse et c'est tout. Je faisais les photos des vernissages pour les journaux. C'était ce genre de publicité dont Mary avait besoin pour se faire connaître du public, je pense.

— Quelle était l'entente entre Mary et Sonia ?

— Bah, ces derniers temps ce n'était pas le top, vous savez, je n'y attachais pas beaucoup d'importance. Elles ont peut-être eu un différent, cela ne me concernait pas. Je n'aimerais pas mettre Mary dans l'embarras. Vous savez les femmes entre elles !

Il fit signer la déposition à Albright.

— Vous pouvez disposer Monsieur Albright, mais vous ne devez pas quitter la ville. Nous pourrions être amenés à nous revoir !

Robert Albright sortit du bureau, il avait l'air abattu. Il avait changé d'attitude. Hard, Miller et Smith étaient convaincus que malgré la découverte des particules de peau, il fallait continuer à approfondir l'enquête. A peine Albright avait-t-il quitté le bureau, que les policiers entendirent frapper. C'était Johnny Cranberry. Il devait être âgé d'environ quarante ans. Ses cheveux étaient brun foncé, ses yeux verts. Il avait une allure sportive et décontractée. Il était souriant, plutôt sympathique. Il portait un pantalon noir, un polo blanc et une casquette de golf.

— Si vous le souhaitez, dit Smith, je me charge de l'interrogatoire ?

— Merci inspecteur pour votre aide, répondit Miller.

— Veuillez me suivre, fit Smith. Donc vous connaissiez bien la victime ? Quelles étaient vos relations ?

Cranberry changea de couleur. Il devint livide.

— Bon, je vais vous avouer que Sonia et moi étions amants il y a deux ans de cela. Cela a duré trois mois. Nous nous sommes connus lors d'un vernissage de Mary Angus. De toute façon vous l'auriez appris, pourquoi mentir ? Ma femme le sait, mais Sonia et moi nous avons rompu depuis. Mon ménage remarche à nouveau. Je n'avais aucune raison de tuer Sonia. De toute façon, c'était une aventurière, jamais je n'aurais quitté ma femme pour elle. Mais bon, nous avons passé de bons moments ensemble quand mon couple battait de l'aile. Mais l'amour seul ne suffit pas. Nous sommes restés amis par la suite. J'ai une femme et deux enfants qui m'aiment et que j'aime. Voyez-vous inspecteur beaucoup de gens s'égarent dans leur vie, mais s'ils arrivent à retrouver le bon chemin, tant mieux.

— Que faites-vous dans la vie Monsieur Cranberry ?

— Je suis négociant en vins et spiritueux. C'est moi qui suis le fournisseur de Mary Angus lorsqu'elle organise ses vernissages deux fois par an dans la région. Je pense que j'ai besoin d'un alibi pour le soir du meurtre, inspecteur ? Alors bon, un peu après 22 heures je suis sorti dîner avec ma femme. Nous avions une petite faim. Le serveur de chez *GIANNI* pourra vous le confirmer. Nous sommes partis du restaurant aux environs de minuit et nous sommes rentrés à la maison.

— Possédez-vous une veste ou un costume en tweed beige ?

— Non Monsieur l'inspecteur, vous pouvez venir vérifier chez nous.

Et Smith fit signer la déposition à Cranberry.

— Vous pouvez repartir Monsieur Cranberry et prenez bien soin de votre famille, ajouta Smith. Veuillez cependant ne pas quitter la ville, si jamais nous aurions encore des questions à vous poser.

— C'est d'accord, dit-il en s'éloignant.

Cranberry salua les enquêteurs en partant. Il était visiblement très soulagé. Smith nota dans son calepin de penser à questionner les serveurs de chez *GIANNI* pour qu'ils confirment l'alibi de Cranberry. Hard s'adressa à Miller et Smith.

— Ne pensez-vous pas qu'il serait opportun de demander à Monsieur le Procureur, Monsieur Patrick Marlow, de nous signer une demande de perquisition pour Albright ?

— Ce serait une bonne idée, je vais l'appeler, rétorqua Miller.

— Ainsi nous en saurons plus sur lui. Il n'a pas la tête d'un meurtrier, et il aimait profondément Sonia, mais il faut en avoir le coeur net, répliqua Hard.

— Oh, Hard, je pense que vous feriez un bon inspecteur, je crois que l'inspecteur Smith va en référer à vos supérieurs.

— Merci, je fais de mon mieux.

Smith souriait. Effectivement il savait que Hard se donnait beaucoup de mal.

— Je n'y manquerai pas, répliqua Smith

Ils se concentrèrent ensuite sur les dépositions et échangèrent leur savoir-faire et leurs impressions.

— Je vais m'occuper de Madame Newton, suggéra Miller. Allez déjeuner ensemble.

Les deux policiers s'éloignèrent. Dès qu'ils entrèrent chez *GIANNI*, Smith embrassa sa femme et sa fille. Abbigail était toute joyeuse et rayonnante. Smith s'excusa et alla vers le comptoir. Il questionna les serveurs pour qu'ils confirment l'alibi de Cranberry. Il leur demanda de venir signer leur déposition au commissariat dès que possible. Hard baillait, il était visiblement fatigué et au bout du rouleau, les derniers mois sans congé avaient été épuisants. Soudain son visage devint blanc et de grosses perles de transpiration ruisselèrent sur son front. Il avait du mal à se tenir debout. Sa tête tournait. L'inspecteur lui dit alors :

— Hard, si vous voulez, allez vous reposer un peu cet après- midi, allez-y nous sommes en vacances, vous avez l'air exténué.

— Merci inspecteur je pense que je vais aller dormir un peu après le déjeuner, effectivement j'ai très mal dormi cette nuit. Ce meurtre me hante. Ça va passer, il faudra que je déstresse un peu.

Vers midi dix, Paris Newton frappa à la porte du bureau. Décidément c'était un va et vient incessant. Elle avait un peu de retard. Elle s'excusa auprès de Miller.

— J'étais prise dans un embouteillage, veuillez m'excuser Monsieur l'inspecteur Miller.

— Prenez place Madame Newton. Voulez-vous un verre d' eau ?

— Oui, je veux bien.

Miller alla chercher une bouteille d'eau minérale et deux verres. Paris Newton avait apparemment le même âge que Sonia Talbot. Elle était brun foncé et était habillée très élégamment. Elle portait des lunettes de soleil qu'elle plaça sur le bureau. Pendant ce temps une perquisition était menée par deux officiers de police au domicile de Robert Albright. Il était narquois comme d'habitude, mais il n'avait pas l'air d'avoir peur. Après 2 heures de recherches les policiers quittèrent les lieux. Ils n'avaient rien trouvé de suspect. Ni traces de sang, ni traces de lutte, et pas de vêtements en tweed. Tout avait été fouillé au peigne fin. Miller commença à questionner Paris Newton.

— Quels étaient vos rapports avec Sonia Talbot, Madame Newton ?

— Nous étions amies depuis huit ans. Nous nous sommes connues à un des vernissages de Mary Angus. Mes parents m'ont légué une fortune considérable. J'ai fait pas mal d'investissements. J'ai acheté en outre deux tableaux à Mary, car je trouve qu'elle a beaucoup de talent. Elle peint merveilleusement bien. Beaucoup de gens aiment ses tons pastels, ses beaux paysages. Elle excelle également dans l'abstrait. Et elle est connue depuis qu'elle a percé à Londres. Elle a des clients dans le monde entier. Mary et moi nous nous connaissons depuis dix ans, car nous avons participé toutes les deux à des cours de dessin. Je ne suis pas aussi douée qu'elle, je l'avoue. Pour en revenir à Sonia, elle était d'un naturel désarmant, belle et gentille, mais d'une naïveté presque maladive, veuillez m'excuser. Avec les hommes c'était comme un labyrinthe pour elle; elle était toujours à la recherche du grand amour. Elle n'assumait pas toujours ses actes. Albert son mari est un ange pour supporter tout ce qu'elle lui a fait subir. Mais bon il n'avait plus la santé, on peut comprendre.

— Êtes-vous mariée Madame Newton ?

— Oui je l'étais, mais j'ai divorcé depuis. Je n'avais pas besoin d'être entretenue inspecteur, comprenez-moi bien. Cela n'allait plus du tout entre Tom et moi. Il m'avait trompé à plusieurs reprises. Comme je vous l'ai dit, mes parents dirigeaient une entreprise familiale et ils m'ont légué une fortune considérable. Ils sont décédés il y à cinq ans dans un tragique accident de la route. J'ai eu beaucoup de mal à me remettre. J'étais fille unique, pas de frère ni de soeur, mais bon, c'est la vie. Elle peut être impitoyable des fois !

— Je suis navré, répondit l'inspecteur. De quelle entreprise s'agit-il, Madame Newton ?

— Je dirige un bureau d'architecte. J'ai fait des études d'architecture. Le bureau marche plutôt bien, il s'agit juste de maintenir les prix raisonnables pour permettre aux personnes modestes de faire également appel à nous. Mon avocate, Madame

Gregory et ma secrétaire Mademoiselle Lemon se chargent de l'administration. Mon collègue, Monsieur Ludwig un homme compétent, et moi-même dressons les plans. Ludwig est allemand, très carré, mais j'adore son style, et son assistance est pour moi indispensable. Notre clientèle se situe dans toute l'Angleterre, et nous devons donc nous déplacer régulièrement. Et j'ai l'intention d'élargir notre portefeuille en France et au Grand Duché de Luxembourg. Le travail nous aide bien souvent à atténuer nos peines.

— Bon je vous remercie pour ces informations. Pouvez-vous me dire maintenant à quelle heure vous avez quitté le vernissage et où vous étiez à l'heure du crime ?

— Monsieur l'Inspecteur, j'ai quitté le vernissage aux environs des 22 h 10 ou 15, je ne me souviens plus exactement. Après je me suis rendue chez Gilbert O'Brien, mon ami. Nous avons passé la nuit ensemble. C'est une relation assez récente. Nous n'habitons pas ensemble. Il habite à Dorchester, moi à Londres, vous voyez. Si vous le souhaitez je vais vous donner son numéro de téléphone. Il pourra confirmer mes dires.

Miller appela O'Brien. Un homme avec un accent irlandais répondit.

— Qui la police ? Que se passe t-il ? Elle a des ennuis Paris ? Ah, c'est pour une déposition. D'accord, vous m'avez fait peur. Bien sûr, Paris est venue me rejoindre aux environs de 22 h 30. Puis nous nous sommes couchés, car nous étions très fatigués. Ah, bien sûr je vais venir signer ma déposition, pas de soucis.

O'Brien raccrocha le combiné.

— Pouvez-vous me dire si vous possédez un vêtement en tweed beige ?

— Non Monsieur l'inspecteur, vous pourrez venir le constater par vous même.

Ensuite il fit signer la déposition à Paris.

— Bien Madame Newton, vous pouvez repartir. Néanmoins ne quittez pas le pays avant que ce meurtre ne soit élucidé.

— Très bien, appelez-moi si vous avez arrêté le meurtrier.

— Bien sûr, répondit Miller, au revoir et Merci Madame Newton.

Miller regarda sa montre, il était 13 h 15, et il avait faim. Il quitta le bureau et alla s'acheter une portion de *fish and chips* au coin *de la rue*. Le vendeur le connaissait bien.

— Alors, s'écria le vieux Hanson, comment ça va inspecteur Miller ? Comment avance l'enquête ?

— Oh lentement, nous sommes en train d'auditionner les témoins. L'enquête avance à petits pas. Tu peux me servir une portion de *fish and chips* Hanson s'il te plaît ? Ah et une bouteille d'eau et un café. Merci.

— Au Revoir inspecteur, bonne chance.

Et l'inspecteur repartit aussitôt à son bureau. Vers 14 heures Smith était de retour.

— Ah, alors inspecteur, demanda Miller, avez-vous bien déjeuné chez *GIANNI* ?

— Oh oui c'était très bon, répondit Smith. Nous avons pris un trio de pâtes. C'était vraiment excellent.

— Mais où est le sergent Hard ? demanda Miller.

— Je lui ai donné congé cet après-midi, il ne se sentait pas très bien. Il a accumulé des heures supplémentaires depuis des mois. Je n'aimerais pas qu'il tombe malade. J'ai crû qu'il allait s'évanouir au restaurant ! Je vais demander à Béatrice et à Abbigail de s'occuper de lui également demain. Ma famille va visiter Brighton, je vais dire au sergent de les accompagner, un jour et demi de repos lui feront le plus grand bien. Nous pouvons faire un briefing ? demanda Smith.

— Oui, je viens d'auditionner Paris Newton, une amie de Mary et Sonia. Les tests étaient négatifs. Et elle a un alibi. Vous lirez mon rapport plus tard. Il nous reste Eleonora de Winter à auditionner, Les Candle, Les Mac Donald, et Mary Angus. Nous avons bien avancé, rétorqua Miller. Ah, j'oubliais Michael le Majordome.

— Puis-je vous poser une question personnelle, demanda Smith ? Est-ce que vous êtes marié inspecteur ?

— Oui je suis marié à Helen Mac Guiry, une Irlandaise. On s'est connus à l'université de Cambridge, il y à dix ans. Et depuis on ne s'est pas quittés.

— Si vous voulez, vous pourriez venir dîner chez nous samedi soir ? fit Smith.

— Très bien, c'est gentil, je vais en parler à Helen.

— Et moi je vais en parler à Béatrice, répondit Smith, c'est une excellente cuisinière.

Soudain quelqu'un frappa à la porte. C'était pour Smith; Madame Eleonora de Winter entra. Une femme d'une soixantaine d'années, très élégante; on remarquait d'emblée qu'elle était très bien éduquée. Elle avait quelques cheveux gris, et on pouvait constater qu'elle avait été très belle dans sa jeunesse. D'ailleurs elle l'était toujours ! Elle avait l'air mal dans sa peau, c'était peut-être qu'elle n'avait pas l'habitude des commissariats de police.

— Bonjour, Madame de Winter ? demanda Smith.

— Oui c'est moi.

— Puis-je vous présenter l'inspecteur Miller de la police
locale ?

— Enchantée, inspecteur Miller.

— Nous allons passer à côté Madame de Winter.

— Veuillez me suivre, je vous en prie, après vous. Auriez-vous l'amabilité de me dire où vous étiez vers minuit la nuit du meurtre ?

— Je suis sortie un peu après 23 heures, j'étais très fatiguée. Je suis présidente du *British Red Cross* de Londres, et croyez- moi ce n'est pas de tout repos. J'y ai fait justement du bénévolat ce jour là le matin à Londres. Je suis allée me coucher de suite après le vernissage. De plus j'avais fait beaucoup de route. J'ai dormi dans une chambre du Red Cross à Dorchester, car je n'avais plus la force de rentrer à Londres. Ils me connaissent bien.

— Quelqu'un peut-il le confirmer ? demanda Smith.

— Non hélas personne, car j'y étais seule. Mon mari Nike est mort il y à quatre ans, et je ne me suis pas remariée depuis. Enfin j'avais maintes occasions, mais bon je ne l'ai jamais fait.

— Est-ce qu'un voisin ou une voisine vous a vu rentrer ? Rappelez-vous bien Madame de Winter, c'est très important.

Elle resta un moment figée sur la chaise, puis elle répondit :

— Maintenant je me souviens, il y avait Monsieur Farewell, un voisin, dehors avec son chiot. Je l'ai salué, vous pouvez aller lui demander si vous le souhaitez. Son petit chien n'a que trois mois et il le sort souvent.

— Très bien, nous allons l'appeler. Auriez-vous son numéro de téléphone ?

— Non hélas.

— Ce n'est pas grave, veuillez nous donner son adresse, s'il vous plaît.

— Voici inspecteur.

— Est-ce que vous connaissiez bien Sonia Talbot Madame de Winter ?

— Oh, elle était toujours tellement joviale, pleine de vie. Je l'aimais beaucoup. Nous nous sommes connues il y a quatre ans lors d'un vernissage de Mary Angus à Londres. Elle était invitée à tous ses vernissages, elles étaient très complices; elles se comprenaient bien, mais depuis quelque temps, ce n'était plus la même chose, vous savez même si elles essayaient de le cacher, je ne suis pas dupe. Le comportement de l'une envers l'autre avait changé, dommage. On sentait une certaine froideur et distance. Je n'ai pas su pourquoi mais bon cela ne me concerne pas.

— Merci pour cette information, Madame.

— Ah, encore une chose Madame de Winter, possédez-vous un vêtement en tweed beige à rayures ? Nous avons trouvé un bout de tissu en dessous des ongles de Sonia.

— Oui, je possède un tailleur en tweed beige.

— Comment se fait-il qu'un bout de tissu se trouvait en dessous des ongles de Sonia ? demanda Smith.

— Sonia m'avait proposé de raccourcir l'ourlet, car la jupe était un peu longue. Elle avait un don pour la couture. Je suis arrivée aux environs de 17 heures. Je l'avais appelée le matin. Sonia m'attendait. Elle a pris ma jupe et me l'a ramenée vers 19 heures un peu avant le vernissage.

A la fin Eleonora signa sa déposition.

— Très bien, fit Smith. L'agent de police Cardiff va vous accompagner de suite pour prendre votre tailleur: C'est une pièce à conviction, je regrette Madame de Winter. Veuillez ne pas quitter Dorchester, et vous tenir à la disposition de la justice.

— Mais je n'ai pas tué Sonia. (Eleonora avait changé de couleur.) Est-ce que vous me suspectez ?

Elle était sous le choc certainement, ses mains commençaient à trembler. Son visage était devenu très pâle et des gouttes de transpiration ornaient son front.

— Ne vous inquiétez pas Madame de Winter, je suis persuadé que nous allons prouver votre innocence. Calmez-vous. Nous devons juste faire notre travail, c'est la procédure, répondit calmement l'inspecteur Smith.

Il la prit par la main.

— Voulez-vous un verre d'eau ?

— Non Merci, inspecteur, j'aimerais partir si vous le permettez.

Smith appela Cardiff. Celui-ci accompagna Eleonora jusqu'au British Red Cross de Dorchester. Il récupéra le fameux tailleur et repartit aussitôt au commissariat de police. Le clocher sonna 16 heures.

— Alors, demanda Miller ? Que pensez-vous d'Eleonora

de Winter ?

— Hum, répliqua Smith, je pense qu'elle dit la vérité, mais nous ne devons négliger aucune piste. Nous allons la garder tout comme Albright sur la liste des suspects potentiels.

Soudain le portable de Smith sonna. C'était Béatrice.

— Écoute chéri, le sergent Hard a dormi toute l'après-midi et je trouve qu'il ne va pas très bien. Je pense qu'il faudrait qu'il consulte un médecin, tu peux demander à l'inspecteur Miller quel médecin je dois appeler ?

— Un moment chérie... Inspecteur, pouvez-vous nous indiquer un médecin pour le sergent Hard ?

— Oui, certainement, le docteur James Wallis pourrait venir le voir. Je vous donne son numéro de téléphone.

Smith répéta le numéro de téléphone de Wallis, et il dit à Béatrice :

— Désolé, je ne sais pas à quelle heure je vais arriver ce soir, nous sommes en pleine enquête. Ah, j'allais oublier, samedi soir j'ai invité l'inspecteur Miller et sa femme. Je passerais chez *DOHERTY* samedi matin pour les courses, pas de soucis.

— C'est une bonne idée pour l'invitation. Abbigail s'occupe très bien du sergent Hard. Ne tarde pas trop ce soir Arthur, nous sommes en vacances !

— Écoute Béatrice, je suis inspecteur de police chez Scotland Yard, c'est mon métier, et ce que je commence je le finis. Je ferais de mon mieux.

— Alors à ce soir, répondit-elle.

Les deux policiers étaient en train de rassembler les différents rapports quand soudain on frappa à la porte. Toutes les personnes qui devaient confirmer les alibis des personnes invitées au vernissage venaient signer. Il était 16 h 30. Après leur départ, Miller dit à Smith :

— Écoutez je vais nous chercher vite fait un café au bistrot du coin. Vous êtes d'accord, inspecteur ?

— Oui merci c'est très gentil, je voudrais un cappuccino s'il vous plaît.

Après 10 minutes, Miller revint avec deux cafés et deux barres de chocolat.

— Merci inspecteur, combien vous dois-je ?

— Rien je vous en prie, vous aviez payé les pizzas, et en plus vous nous invitez samedi ma femme et moi.

Aux environs de 17 heures la porte s'ouvrit et Mary Angus rentra. Elle était vêtue d'un pullover marin à manches courtes et d'un Jean blanc. On sentait une eau de toilette légère flotter dans l'air.

— Bonjour inspecteur Miller, inspecteur Smith.

— Bonjour Madame Angus.

— Auriez-vous l'amabilité de me suivre, nous allons changer de bureau, dit Smith.

— Donc, nous avons vu sur l'enregistrement que vous avez quitté le vernissage aux environs de 23 h 30.

— Oui c'est exact, inspecteur.

— Pouvez-vous nous dire ce que vous avez fait par la suite, Madame Angus ?

— Mais inspecteur, je me suis couchée tout de suite. J'étais morte de fatigue, mais heureuse, car les Ben Salem m'avaient acheté un tableau d'une valeur de 3.000 livres. Sans oublier les Mc Donald. Ah, c'était ma journée !

— Donc, répliqua Smith, personne ne peut confirmer votre alibi ?

— Un moment inspecteur, vous ne croyez quand même pas que j'ai tué Sonia à cause d'une stupide histoire d'argent. Nous étions amies, s'écria t’elle.

— Calmez-vous Madame Angus, je suis en train de mener une enquête, rien de plus.

— Oui il y avait M. Archer qui s'apprêtait à aller travailler. Il est boulanger. Je l'ai rencontré en rentrant. Nous avons échangé quelques mots. Mais pourquoi me soupçonnez-vous, inspecteur ?

— Madame Angus, apparemment il y avait un froid entre vous et Sonia Talbot, si j'en crois le témoignage de deux de vos invités. Permettez-moi de demander de quoi il s'agissait ? Vous vous êtes querellées à propos de quel sujet ?

— Eh bien, le son de sa voix avait changé, elle m'avait prêté de l'argent, 6.000 livres, il y a deux ans de cela, et je ne pouvais pas lui rembourser la totalité de ma dette, vous savez les artistes ils ne roulent pas toujours sur l'or. Avant de percer il faut investir beaucoup. Je lui avais versé 2.000 livres il y a une semaine et je lui avais promis de verser le solde dès que possible. A la fin de la soirée elle m'avait rappelé ma promesse et je lui ai remis une enveloppe avec 3.000 livres.

— Avez-vous signé une reconnaissance de dette ?

— Non nous étions amies, nous n'avions pas besoin de cela.

— Où logez-vous à Dorchester ?

— Pourquoi me posez-vous cette question ?

— Vous ne devez pas quitter la ville tant que cette enquête n'est pas close.

— J'habite dans un petit cottage que ma tante Myriam me loue à chaque fois que je rentre à Dorchester. L'inspiration me vient quand je travaille dans le calme. Voici l'adresse...

— Encore une question Madame Angus, est-ce que vous pratiquez un sport de combat ?

— Mais qu'est-ce que cela à avoir avec le meurtre de Sonia?

— Répondez s'il vous plaît, Madame.

— Oui j'ai fait du karaté quand j'avais quinze ans, mais je n'étais pas ceinture noir.

— Et où cela Madame Angus ?

— Dans la salle *FITIN* de Dorchester. Si vous insinuez que j'aurais pu tuer Sonia vous vous trompez.

— Mais j'enquête, je n'insinue rien du tout Madame Angus. Dernière question, êtes vous liée à un ami de coeur, êtes vous mariée Madame ?

— Non. Est-ce tout inspecteur ?

— Veuillez signer encore votre déposition, s'il vous plaît, merci. Vous pouvez repartir, nous allons garder la cassette de surveillance comme pièce à conviction. Pensez-à ce que je vous ai dit, veuillez ne pas quitter la ville, nous allons être amenés à nous revoir.

— Très bien !

Elle lança un regard irrité en sa direction et elle s'éloigna. Mais de quoi avait-elle peur ? Avait-elle un secret ? Quand elle fut repartie, Smith sortit du bureau et alla vers Miller.

— Alors, demanda Miller ?

— Oh quelle femme, une vraie artiste excentrique, prête à exploser d'une minute à l'autre. Je sens que quelque chose cloche dans sa déposition. Mais je ne sais pas quoi ? J'ai l'impression qu'elle ne m'a pas dit toute la vérité.

Puis il raconta à Miller ce que Mary lui avait dit.

— Hum, fit Miller, je suis de votre avis. C'est une drôle d'histoire. Il serait opportun de demander à Monsieur Talbot si nous pouvons rechercher dans les affaires de Sonia, une éventuelle reconnaissance de dette. Sait-on jamais ce que l'on va trouver d'autre. Je pense que Monsieur Talbot ne s'y opposera pas. Et puis nous devrions faire un tour du côté de la salle *FITIN*.

— Bonne idée, répliqua Smith, je vais faire mon rapport. Je vais auditionner les Mac Donald à 18 heures. Demain matin les Candle vont arriver. Je vais aussi les auditionner.

Soudain le téléphone du commissariat sonna. Ce fut Miller qui décrocha. Un témoin d'un second meurtre qui venait d'arriver était au bout du fil !

— Allô la police, bonjour, je m'appelle Henry Ford. En faisant mon jogging près de la rivière du parc, j'ai aperçu le corps d'une jeune femme derrière le banc près d'un arbre. Je crois qu'elle est morte. Venez-vite.

— Nous arrivons tout de suite, fit Miller, et il raccrocha. Il devait être 18 heures.

— Arthur, j'ai un témoin d'un meurtre qui vient de m'appeler. Il vient de découvrir le corps d'une femme dans le parc derrière un banc. J'ai un pressentiment étrange. On va y aller.

Caroline Newark et Robert Palmer, son assistant, étaient encore au bureau. Ils les accompagnèrent donc sur le lieu du crime. Dans la voiture il appela les Mc Donald pour remettre leur audition. La voiture de police se rapprochait du parc. De loin ils virent un homme agiter le bras. Cela devait être le témoin, Henry Ford.

— Bonjour Messieurs, c'est moi qui vous ai téléphoné, je suis Henry Ford. Voici mes papiers.

Il leur tendit son passeport.

— Je n'ai touché à rien. Voici mon numéro de portable, si jamais vous avez encore besoin de moi. Puis-je partir s'il vous plaît?

— Pas si vite Monsieur Ford, rétorqua Miller, avez-vous vu quelqu'un près du corps ?

— Non Monsieur l'inspecteur, il n'y avait personne aux alentours. Il n'y a pas beaucoup de personnes qui passent à cet endroit vous savez.

— Merci Monsieur Ford, vous pouvez partir. Vous devez tout de même vous présenter au commissariat de police pour signer votre déposition.

Sur le banc gisait Rose Fisher. Caroline examina le corps de la pauvre victime.

— Alors qu'en pensez-vous ? demanda Smith.

— A première vue, pas de traces de strangulations, pas de coup porté à la tête, pas de bleus, mais regardez, sur son bras droit une minuscule trace d'injection.

Puis elle prit plusieurs clichés.

— Palmer, veuillez sécuriser la scène de crime, dit-elle à son adjoint. Nous allons fouiller les lieux avant que la nuit ne tombe pour tenter de trouver des traces que l'assassin aurait pu laisser; une seringue ou tout autre objet.

— Et Newark et Palmer commencèrent à fouiller.

Soudain Palmer s'écria:

— Caroline, dois-je emporter également tous ces gobelets de café qui se trouvent dans la poubelle ?

— Allez-y Palmer, mettez les tous dans un grand sac. On va les analyser un par un. Emportez également tous les détritus de nourriture.

Palmer s'exécuta. Miller et Smith aidèrent également à fouiller dans les moindres recoins dans l'espoir de trouver une preuve ou une piste. Ils avaient trouvé quelques mégots de cigarettes qu'ils s'empressèrent de collecter dans un sachet plastique. Mais pas de trace de seringue. Après deux heures de recherches, ils décidèrent d'évacuer le corps de Rose. Le corbillard de la police arriva quinze minutes plus tard pour emporter celui-ci à l'institut médico-légal. Il était 20 heures et tout le monde avait faim.

— Et si nous allions manger un bout ? suggéra Miller. Pourquoi y-a-t-il des frais d'hébergement ou restauration en cas d'heures supplémentaires dans notre règlement ? Les frais seront remboursés par notre comptabilité.

— Où allons-nous ? demanda Smith.

— Eh bien je suggère que nous allions chez *Vittorio*, proposa Caroline ? Qu'en pensez-vous ?

Ils étaient tous d'accord.

— Qu'est-ce que vous nous suggérez Caroline, demanda Smith ?

— Eh bien, l'ossobuco est la spécialité du restaurant. Mais les pizzas sont également délicieuses. Les pâtes sont faites maison. C'est une dame d'environ soixante dix ans qui les fait. Elle est originaire de Gubbio. Vous avez donc le choix.

Le serveur vint rapidement avec la carte du menu. Caroline commanda un ossobuco, Smith des raviolis sauce bolognaise, Palmer une pizza au fromage, Miller des lasagnes. Comme boisson le serveur leur apporta du Chianti et une bouteille d'eau. Il faisait bon, le restaurant était climatisé. Sur les murs du restaurant se trouvaient plusieurs photographies de

Sophia Loren, Anna Magnani, Claudia Cardinale, Gina Lollobrigida, Vittorio Gassman.

— Bon, fit Miller, nous ne sommes pas beaucoup avancés, de plus on a un deuxième cadavre sur les bras.

— Inspecteur, répondit Smith, Rose a certainement vu quelque chose qu'elle n'aurait pas dû voir au vernissage. Ou peut-être l'assassin l'a vue mais Rose ne l'a pas vu. Et pour en être plus sur, il l'a supprimée. Souvenez-vous elle nous a dit qu'elle avait vu une grosse berline rouge stationner sur le parking en sortant du vernissage. Sonia était sortie en même temps qu'elle. Dommage que la caméra de surveillance n'était pas installée dehors. Cela nous aurait beaucoup aidé.

Vers 22 heures les policiers sortirent du restaurant. Caroline et Robert partirent avec des preuves potentielles dans leurs coffres respectifs. En partant elle s'écria :

— Nous allons nous y mettre demain matin, mais je pense que cela peut durer. Et ce n'est pas certain que l'on va trouver ce que l'on recherche. Bonne Nuit et à demain.

Bon sang, pensa Smith, où est restée cette maudite seringue ?
Vers 22 h 30, Smith gara sa voiture devant le petit chalet. Hard était assis sur le perron. Il l'attendait.

— Alors sergent, comment allez-vous ?

— Je suis un peu gêné. Votre femme et votre fille s'occupent tellement bien de moi. Je me sens déjà mieux. En plus le médecin pense que ce n'est pas très grave. Mais merci à vous tous, je n'oublierais pas. Si vous le souhaitez je vais accompagner votre famille demain à Bournemouth, je porterai les sacs et nous irons déjeuner. C'est moi qui invite.

— C'est une bonne idée Hard, mais ménagez-vous tout de même.

— Merci inspecteur, ça va aller. Dommage qu'il y ait un enquêteur de moins, mais c'est vraiment indépendant de ma volonté.

— Ne vous tracassez pas et essayez de penser à autre chose

Béatrice et Abbigail étaient encore levées. Abbigail se jeta dans ses bras.

— Papa te voilà enfin. As-tu mangé ?

— Oui Abbigail, merci, nous sommes allés dîner dans un restaurant italien. Et maintenant il faut aller au lit, car demain est une journée bien chargée, pour vous et pour moi.

Quand les Smith étaient dans leur chambre à coucher, Arthur essaya d'engager la conversation avec sa femme; l'atmosphère était tendue !

— Écoute Béatrice, on ne va pas continuer à se faire la tête. Je comprends ce que tu ressens. Cela m'a servi de leçon. Je ne m'occuperai plus jamais d'une enquête en vacances si on ne me demande rien. Mais pour le reste chérie, tu as épousé un policier et c'est le métier, désolé.

— C'est bon Arthur, pour cette fois-ci, tu connais mon opinion là dessus maintenant. Je me suis exprimée clairement.

— Bonne nuit Arthur à demain matin. Demain sera une autre journée.

Vers 23 heures les lumières s'éteignirent et on n'entendit plus que le cri de la chouette avec ses yeux jaunes qui brillaient dans la nuit. Vers 7 heures du matin Smith se leva. Il avait très bien dormi. Il descendit doucement et ne fit pas de bruit. Il commença à préparer la table et laissa couler l'eau de la cafetière. Pendant qu'il sortait les Corn Flakes et le lait, Robin descendit lui aussi. Ils finirent ensemble.

— Alors Robin, comment vous sentez-vous ?

— Mieux inspecteur, merci. Je m'en veux de ne pas être à même de vous seconder dans le reste de cette enquête, mais le médecin m'a suggéré du repos. Il trouve que je suis épuisé.

— Aucun souci Robin, occupez-vous de Béatrice et

d'Abbigail et passez une bonne journée à Brighton. Miller et moi allons résoudre cette affaire, enfin ces affaires, car maintenant il y a deux victimes.

— Si cette Rose s'est fait tuer, c'est qu'elle a vu quelqu'un ou quelque chose qu'elle n'aurait pas dû voir, rétorqua Robin.

— C'est exact. Newark et Palmer sont en train de vérifier tous les détritus qu'on a ramassés dans la poubelle près de la scène de crime. Espérons que cela va faire avancer nos enquêtes. Mais hélas on n'a pas trouvé de seringue. Car sachez que c'est à cause d'un poison injecté par le meurtrier que Rose est décédée. Je souhaite sincèrement que l'assassin ait laissé d'autres indices. Caroline et Palmer referont un contrôle supplémentaire sur le parking près de la salle du vernissage car c'est là, que Sonia a été tuée, j'en suis convaincu. Mais pour les preuves, nous devons encore attendre.

Après 20 minutes Abbigail et Béatrice descendirent aussi.

— Bonjour Mesdames, fit Smith en les embrassant.

— Oh papa c'est dommage que tu ne puisses venir aujourd'hui, mais on te promet de bien s'occuper de Robin. D'habitude c'est toi qui portes les courses quand on fait les magasins maman et moi. Mais bon aujourd'hui ce sera Robin. On ira également chez un traiteur, pas de soucis pour le dîner du soir !

— Très bien mes chéries, merci.

— Tu tiens le choc ? demanda Béatrice. Je n'aimerais pas me retrouver avec deux malades ici en vacances.

Et elle rigolait. L'ambiance commençait à se détendre à nouveau un peu, fort heureusement.

— Ne t'inquiète pas chérie, je vais parfaitement bien, j'ai bien dormi, et maintenant il faut que je parte. Je vous appellerai au courant de la journée. Prenez soin de vous. Et amusez-vous bien.

Smith sortit en embrassant sa famille.

Il arriva devant le commissariat aux environs des 8 h 30. L'inspecteur Miller l'attendait déjà. Il était en train de lire *l'Evening Standard.*

— Bonjour inspecteur, comment ça va ? Avez-vous bien dormi ? Comment va le sergent ?

— Très bien. Robin accompagne Béatrice et Abbigail à Bournemouth aujourd'hui. Et vous ?

— Oh pas trop, mais bon on s'y fait. Ca va aller mieux quand les deux meurtres seront résolus. Les Mc Donald vont arriver vers 9 heures, fit-il.

— Je vais les auditionner répondit Smith, pas de soucis.

Soudain on frappa à la porte. Un couple d'une cinquantaine d'années rentra.

— Bonjour Madame, Monsieur Mc Donald.

— Bonjour inspecteur.

— Veuillez prendre place. Voulez-vous un verre d'eau ?

— Non Merci

— Donc venons-en au fait, à qu'elle heure avez-vous quitté le vernissage, demanda l'inspecteur ?

— Il devait être à peu près 23 h 10, répondit Keith

— . Nous sommes restés jusqu'à la fin, car nous avions acheté un tableau à Mary Angus. Je lui ai fait un chèque juste avant de partir, et nous sommes partis avec le tableau. Il est magnifique. C'est le tableau d'un beau paysage de printemps. Je trouve qu'elle nous a fait un bon prix, nous avons payé seulement 1000 Livres. Depuis qu'elle a percé à Londres, le prix de ses tableaux ne cesse de grimper. Mais là, elle n'a vraiment pas poussé le bouchon. Puis j'ai déposé le tableau dans notre voiture. Ensuite nous sommes allés boire un verre au *LOCH NESS* et peu de temps après nous avons également aperçu Monsieur Albright.

— Avez-vous vu quelque chose ou quelqu'un en sortant ? Chaque détail compte !

— Non, répondirent t-ils, désolés.

— Puis-je vous demander encore quel métier vous exercez ?

— Je suis enseignante de français à l'école secondaire de

Bournemouth.

— Et moi je suis professeur de sciences naturelles au collège de Bournemouth, répondit Keith.

— Très bien, avez-vous bien connu Sonia Talbot, demanda Miller ?

— Nous la connaissions depuis trois ans. Elle était au vernissage de Mary Angus. Oh, nous la trouvions charmante et très avenante, aucunement arrogante. Je pense qu'elle était un peu perdue, continua Nadia Mc Donald, car elle avait tellement de charme, et les soupirants ne manquaient pas, je vous l'assure. Mais bon c'est sa vie privée, et cela ne nous concerne pas.

— Et pour Mary Angus, comment l'avez-vous connue ? demanda l'inspecteur.

— Mary Angus, nous avions lu un article dans le journal quand elle avait organisé un vernissage à Londres il y a trois ans. Nous aimons ce qu'elle peint et comment elle peint. Nous y sommes allés, et nous ne fûmes pas déçus. Nous lui avons acheté un tableau. Depuis elle nous invitait toujours à ses vernissages. Est-ce tout inspecteur ?

— Oui c'est tout, répondit Smith. Veuillez signer encore votre déposition, s'il vous plait, merci.

— Voilà, vous pouvez repartir, mais j'aimerais bien que vous ne quittiez pas la contrée jusqu'à ce que le meurtrier soit capturé, dit Miller. Veuillez vous tenir à la disposition de la justice. Merci.

Après qu'ils furent partis, Miller s'adressa à Smith:

— J'ai chargé deux de nos agents de se rendre chez Albert Talbot. Je pense qu'il ne s'opposera pas à la recherche de preuves dans les affaires de Sonia. Nous devons donc attendre. Chez Albright il n'y avait rien. A tout hasard j'ai remis un mandat de perquisition aux agents en charge. Je viens d'appeler également Caroline. Ils sont en train de réexaminer le corps de Sonia. Et les pauvres se battent avec les détritus de la poubelle et les mégots de cigarettes. Il faut qu'on reste patients, malgré la pression que le procureur va nous mettre.

— Super, j'aime travailler avec vous inspecteur, rétorqua Smith, dommage que vous ne postuliez pas chez nous à Londres.

— Merci inspecteur. Je vous retourne le compliment.

A 9 h 45, la porte s'ouvrit et les Candle entrèrent. Madame Candle devait avoir aux alentours de 45 ans, son mari, un homme chauve avait l'air aussi sympathique qu'elle. Il devait avoir à peu près 50 ans. Il portait une belle barbe très bien entretenue. Smith s'occupa d'eux. Il les fit entrer dans le grand bureau pour l'audition. Il avait le pressentiment que l'enquête allait bientôt être close avec l'audition des derniers témoins.

— Veuillez prendre place, demanda-t-il aux Candle.

— Pourriez-vous me dire à quelle heure vous êtes partis du vernissage ?

— Oh, répondit Johnny, cela devait être aux alentours de 23 h 15. Nous n'avions pas acheté de tableau cette fois, car nous devons faire des réparations assez onéreuses dans la maison. Mais nous adorons venir au vernissage de Mary. C'est une excellente artiste.

— Où êtes-vous allés après le vernissage ?

— Nous sommes allés nous coucher, vous vous imaginez nous avons fait le voyage de plus de 3 heures jusqu'ici. Brighton n'est pas la porte à côté. Nous avons dormi au Grand Hôtel, le portier nous a vu monter dans notre chambre, il devait être aux environs de 23 h 45. Comme il n'a pas bougé de sa loge, cela ne devrait pas être difficile pour lui de le confirmer, répondit Johnny.

— D'accord, nous allons l'appeler, vous avez le numéro de téléphone ? (Et Monsieur Candle lui tendit un numéro.) Je vais néanmoins le faire plus tard, car les portiers de nuit sont partis se reposer maintenant. Quel métier exercez-vous ?

— Nous sommes Anthropologues, répondit Monsieur Candle et je confirme les dires de ma femme.

— Oh un métier très intéressant. Comment avez-vous connu Mary et Sonia ?

— Ah, répondit Madame Candle, Mary c'était par hasard, il y a quatre ans elle avait organisé un vernissage pendant la période de Noël à Brighton. Il était ouvert à tout le monde. Nous sommes tombés tout de suite sous le charme de sa peinture. Elle nous avait présenté Sonia, son amie d'enfance.

— Avez-vous remarqué quelque chose d'inhabituel ce soir là, un détail qui pourrait nous aider à avancer dans l'enquête ?

— Sonia et Mary tenaient une conversation assez animée, répliqua Madame Candele. Mary tentait de la calmer. Elle lui a donné une enveloppe vers la fin de la soirée, ce qui remit Sonia de meilleure humeur. Elles ne nous ont pas vus, et j'en étais soulagée, je n'aime pas l'indiscrétion vous savez Monsieur le commissaire.

— Vous confirmez Monsieur Candle ?

— Oui fit-il, c'est exact.

— Très bien, Merci pour cette information.

Après avoir signé leur déposition les Candle partirent. Ils n'avaient pas l'air d'être des assassins, pensa Smith, enfin c'est ce qu'il ressentait au plus profond de lui-même. De plus ils n'avaient aucune raison valable de tuer les deux victimes. La jalousie, l'argent, ces motifs furent écartés. Ces deux là devaient être au dessus de tout cela. Après une demie heure les agents qui étaient partis chez Albert Talbot étaient de nouveau au commissariat de police. Ils avaient rapporté deux photos. Mais aucune reconnaissance de dette. Donc Mary Angus avait dit la vérité. Ils avaient fouillé la maison de fond en comble, rien. Rien non plus dans le coffre de la maison. Une des photos qu'ils montrèrent aux inspecteurs, était plus ancienne; on yvoyait Sonia et Mary. Elles devaient avoir dix-huit ans. Elles se tenaient par la main, leur regard dévoilait tout. Une autre photo était un peu plus actuelle. Les deux jeunes femmes devaient avoir vingt- cinq ans. Elles se promenaient sur une plage main dans la main. *Comme c'est étrange pensa Smith.* Il appela Miller.

— Je pense que les deux femmes étaient amantes.

Peut-être Mary a-t-elle tué Sonia parce qu'elle était jalouse d'Albright ? dit Miller. Je ne crois pas que ce soit lié à l'argent que Sonia avait prêté à Mary. Sonia devait être bisexuelle. Nous devons nous rendre au *FITIN* voir si Mary ne nous a pas menti.

Et les deux inspecteurs s'éloignèrent. Mary ne leur avait pas menti, en effet elle n'était pas ceinture noire, mais elle avait de bonnes bases pour se défendre. Elle était ceinture marron. Les employés du *FITI* 'avaient vérifié dans les vieux registres. Ils leur donnèrent une copie Après cela nos enquêteurs passèrent chez Mary Angus, qui comme d'habitude était en train de s'adonner à sa passion. Elle était vêtue d'un tablier blanc, où l'on pouvait voir quelques traces de peinture multicolore. Devant elle se dressait le tableau d'un beau paysage d'hiver. Il était 11 heures du matin, le soleil brillait, et il n'y avait pas un seul nuage dans le ciel. Les abeilles bourdonnaient dans le petit jardin de fleurs devant le petit cottage. Elle n'était pas surprise de revoir les policiers.

— Décidément Messieurs, vous m'avez pris en grippe. Je vous assure que j'aimais beaucoup Sonia, et je ne l'ai pas tuée. Je le jure sur la tête de mes parents.

— De quelle façon étiez-vous liée à Sonia, Madame Angus ? Je crois que vous ne nous avez pas dit toute la vérité, rétorqua Smith.

— Ah, décidément on ne peut rien vous cacher. Oui, Sonia et moi étions amantes pendant de nombreuses années. Ce que j'ignorais, c'était qu'elle était bisexuelle. Comme j'étais naïve à cette époque. Moi même je suis homosexuelle. Cette relation était souvent très difficile car Sonia pouvait également tomber amoureuse de la gente masculine, mais bon, elle était comme cela et je l'aimais comme elle était. Elle était inconsciente du mal qu'elle pouvait faire aux personnes qui l'aimaient. C'était son caractère.

— Étiez-vous encore liées quand elle a rencontré Monsieur Talbot ? demanda Miller.

— Non j'avais rompu, car je trouvais que c'était vraiment

un chic type. Avec son addiction à l'opium, Sonia était devenue irritée et ingérable. J'en avais vraiment assez de souffrir vous savez. Et puis je n'ai pas pour habitude de butiner sur le terrain d'autrui ! Albert était très amoureux d'elle; il a tout fait pour la sortir de là. Elle n'avait plus un sou, car elle n'obtenait plus un rôle au théâtre. Elle a fait deux cures de désintoxication et finalement elle a vaincu sa dépendance. Elle était redevenue la Sonia que j'aimais. Mais il n'y avait plus rien entre nous par après, juste le triste souvenir d'un amour perdu. Il y avait comme une barrière entre nous, je ne puis l'expliquer. C'est peut-être moi qui avais mis ce garde-fou pour me protéger, car je ne voulais plus souffrir ! Et pour le moment je fréquente une personne plus équilibrée et qui me fait le plus grand bien. Bientôt elle sera également invitée à tous mes vernissages. C'est un peu tôt pour le moment. Nous nous connaissons depuis deux mois seulement. Mais puis-je vous servir un jus de fruit, il fait une chaleur torride ?

— Oui volontiers, firent les policiers.

Soudain une femme blonde d'une trentaine d'années sortit de la maison. Cela devait être la nouvelle compagne de Mary. Elle vint vers eux. Elle était habillée d'un Jean blanc et d'un T-shirt rouge. Ses magnifiques cheveux blonds ornaient un beau visage souriant.

— Bonjour je m'appelle Jane.

— Bonjour Madame.

— J'espère que vous allez bientôt mettre l'assassin sous les verrous. Cette histoire tracasse beaucoup Mary. Elle ne dort plus depuis le meurtre. C'était son amie; Mary m'a tout raconté sur elle et sur son passé. Pas d'inquiétude !

— Nous faisons tout notre possible. Dans quelques jours nous en saurons plus.

— Je dois hélas partir, veuillez m'excuser.

Décidément Mary avait bon goût ! Et Jane démarra au volant de sa Mercedes.

— Est-ce que vous avez encore des questions Messieurs ? demanda Mary.

— Non pour l'instant ce sera tout, mais peut-être serons nous amenés à nous revoir, qui sait, l'enquête suit son cours, répliqua Miller. Dernière chose, il nous faudrait le numéro de téléphone de Michael, le Majordome. Merci. Au revoir Madame Angus.

Miller demanda :

— Que pensez-vous de Mary Angus ? Est-ce qu'elle aurait pu assassiner son ancienne amante ?

— Tout est possible, répliqua Smith, mais en mon for intérieur je ne crois pas qu'elle soit coupable.

— Ah bon, et qui d'après vous peut être le coupable ? demanda Miller.

— Je ne sais pas encore, j'ai des soupçons mais pas de preuves. Il faut attendre les résultats finaux de l'autopsie. Et maintenant il est midi, et je vous propose d'aller déjeuner, qu'en pensez-vous, inspecteur ? demanda Smith. Comme cela on pourra en discuter. Ou voulez-vous qu'on aille ?

— J'aimerais bien aller au *SING TANG*, si cela ne vous dérange pas, répondit Miller.

Le *SING TANG* était un vieux restaurant chinois bien connu à Dorchester. Ses mets étaient d'excellente qualité. Deux cuisiniers s'affairaient dans la cuisine. Le décor était bien choisi. De vieux vases de la dynastie des Ming ornaient une ancienne commode en bois. Le serveur leur amena la carte du menu. Smith prit une soupe *WAN TANG* et du poulet au curry. Miller commanda des Nems et du boeuf à la façon de *Sechuan.* Le tout était accompagné d'un thé au Jasmin. Après leur déjeuner ils rentrèrent au bureau. Il était 14 heures. Le majordome devait encore être auditionné. Smith appela le numéro que Mary Angus leur avait donné. Une voix d'homme répondit, c'était Michael. Une demie heure plus tard Michael était assis au bureau de Smith. Il était un peu "carré", mais sympathique. Il devait avoir une cinquantaine d'années.

— Bonjour Monsieur, dit Smith, veuillez prendre place.

— Voulez-vous un verre d'eau ?

— Non merci.

— Depuis combien d'années travaillez-vous pour Mary Angus ?

— Oh cela fait trois ans. A chaque fois qu'il y a un vernissage ici, elle m'appelle. Vous savez je travaille pour une société de placement de personnel de service. Mes horaires et mes patrons changent continuellement.

— Que pouvez-vous nous dire au sujet de cette fameuse soirée du vernissage de Mary Angus, demanda Smith ? Avez-vous remarqué quelque chose d'étrange, un détail qui vous revienne en mémoire ? A quelle heure êtes vous parti ?

— Tout se déroulait très bien, les invités se connaissaient. Les conversations, je n'avais pas le temps de les écouter vous savez. Mary et Sonia avaient l'air de se disputer, dommage, pensais-je. J'ai vu Mary donner une enveloppe à Sonia. Ce qui la radoucit un peu. Elle redevint plus aimable. Monsieur Albright ne la quitta presque pas pendant toute la soirée. Madame Newton était très chic. Mais elle semblait ailleurs et elle était irritée.

"Ah, les femmes et la jalousie ! Elle a renversé un verre de champagne sur Monsieur Albright. D'après son allure, je crois qu'elle l'a fait exprès. Mais lui ne broncha pas, il resta de marbre. Monsieur et Madame Ben Salem portaient des habits de soie, très élégants je dois dire. A la fin de la soirée, tout le monde repartit. Il fallait tout ranger pour le lendemain, la salle devait être propre, car le soir suivant il y avait un congrès des médecins de la région. Il y avait encore Maria, ma femme qui m'a aidé à nettoyer. Elle m'a rejoint quand les invités étaient partis. Je pense que nous sommes rentrés aux environs d'une heure du matin. J'avais commencé mon service à 20 heures.

"Ah, maintenant je me souviens encore d'un détail, Monsieur l'inspecteur. J'ai vu Sonia discuter sur le parking avec quelqu'un. Il devait être un peu avant minuit. Je n'ai pas vu son interlocuteur ou interlocutrice. Un gros arbre et une haie les cachaient. Je n'ai vu que des ombres. Et puis je voulais rentrer moi aussi. J'étais fatigué. J'avais autre chose à faire."

— Avez-vous vu une voiture sur le parking, et si Oui de qu'elle marque et de couleur était-elle ? demanda Smith.

— Cela devait être une grosse berline de couleur rouge avec un toit blanc, une décapotable je suppose. Mais il faisait nuit, c'est assez difficile de vous répondre. La marque je n'en ai aucune idée, excusez-moi, inspecteur.

— Madame Maria, pouvez-vous confirmer les dires de votre mari ?

— Oui Monsieur le Commissaire.

— Merci Michael, Merci Maria, vous nous avez été très utiles. Veuillez me signer encore votre déposition. Je vous prie de bien vouloir rester à la disposition de la justice. Il se pourrait que nous ayons encore des questions à vous poser ultérieurement.

— Bien-sûr, fit Michael.

Les époux s'éloignèrent. Soudain le portable de Miller sonna dans l'autre bureau. C'était le procureur Patrick Marlow.

— Bonjour inspecteur Miller. Alors votre enquête avance ? La presse s'agite, Monsieur le Ministre également, je suis désolé de faire pression sur vous.

— Monsieur le Procureur dans un jour ou deux nous aurons le ou la coupable. Je suis désolé mais nous ne pouvons rien précipiter. Madame Newark et son collège travaillent sur les preuves pour inculper le coupable. Les deux enquêtes sont liées, il n'y a aucun doute !

— Bien, dès qu'il y a du nouveau, appelez-moi de suite.

— Entendu Monsieur le Procureur ! Et il raccrocha.

— Oulala, fit Miller, on ne peut pas aller plus vite que la musique. Nous devons attendre les résultats de Caroline.

Deux minutes plus tard le portable de Miller retentit à nouveau, c'était Caroline Newark, la légiste.

— Ah Caroline, que se passe t-il ? Vous avez du nouveau au sujet de l'autopsie de Sonia et de Rose ?

— Inspecteur, tenez-vous bien, nous avons comparé les

empreintes que l'assassin a laissé sur le cou de Sonia, ce sont celles d'Albert Talbot, son mari. Elles étaient partielles, mais nous sommes formels. De plus nous avons trouvé des traces d'ADN sur la pierre qui se trouvait dans la voiture de Sonia. Un minuscule cheveu que l'assassin a perdu pendant le crime et qui s'est attaché à elle. C'est un miracle ! Le cheveu est celui de Talbot, mais il aurait pu se trouver déjà dans la voiture avant l'assassinat. Et la troisième preuve, lorsque vous nous aviez dit de chercher des preuves que l'assassin aurait pu laisser sur le parking, nous avons trouvé un mégot de cigarettes qui portait l'ADN de Talbot. Comment pouvait-il se trouver là ? Il avait prétendu dormir à l'heure du crime !

"Et pour Rose Fisher, nous avons également trouvé l'ADN de Talbot sur un gobelet de café qu'il a certainement jeté en discutant avec elle au parc. Mais ce n'est pas une preuve en elle-même. Il aurait pu le jeter à une autre heure, mais j'avoue que ce serait pratiquement inconcevable. Nous avons fouillé l'appartement de Rose Fisher et nous avons trouvé des pralines empoisonnées chez elle. En demandant aux voisins, ils nous ont décrit Albert Talbot. Ils ont vu une décapotable de couleur rouge stationner devant la maison et ils ont dit avoir vu Albert sortir avec Rose Fisher une heure avant la découverte du corps par notre témoin. Nous leur avons montré une photo d'Albert Talbot. Tous étaient formels, c'était lui ! La pauvre Rose a eu certainement un malaise en route ou dans le parc et Talbot lui a injecté du Curare. Donc, nous pensons qu'avec toutes ces preuves, Talbot passera le reste de sa vie en prison !"

— Super travail, rétorqua Miller. L'inspecteur Smith et moi allons de ce pas l'arrêter.

Quand ils sonnèrent à la porte Bertie leur ouvrit. Elle avait l'air soucieuse.

— Je vais appeler Monsieur Talbot, il s'est couché, car il ne se sentait pas bien. C'est navrant depuis la mort de sa femme, sa santé s'est fragilisée encore plus. Veuillez entrer Messieurs !

Soudain ils étendaient un cri strident. C'était Bertie. Elle était blanche et ses mains tremblaient.

— Venez-vite Messieurs, je pense que Monsieur Talbot s'est suicidé. Il y a une injection à côté de lui sur la petite table.

Quand les deux enquêteurs arrivèrent dans le salon, ils virent le corps inanimé d'Albert Talbot. Il avait laissé une lettre. Elle contenait ses aveux pour les meurtres de sa femme et de Rose Fisher. Le motif était évident. Il avait été la risée de la contrée. Sa femme n'avait pas honte de s'afficher avec son amant. Et Rose lui avait téléphoné, car elle avait reconnu sa voiture. Il fallait donc la supprimer elle aussi. Miller appela néanmoins Caroline Newark pour faire une autopsie du corps. Puis il appela le procureur Patrick Marlow qui laissa éclater sa joie au téléphone.

— C'est un suicide, fit Caroline. Il a laissé une lettre, mais nous allons analyser le produit toxique qu'il a utilisé pour se suicider. Il a laissé le flacon, nous arriverons à trouver si c'est le même poison qui a tué Rose Fisher, nous allons analyser les molécules, faites-moi confiance Messieurs !

— Merci Caroline, vous nous avez été d'une grande aide. Sans vous l'enquête n'aurait pas été résolue.

— Votre invitation tient toujours pour samedi, inspecteur ? demanda Miller.

— Bien sûr, je vais tout de suite avertir les autres invités du vernissage pour les informer de l'identité du coupable et leur dire qu'ils ne sont plus à la disposition de la justice. Et bien sûr Monsieur le Procureur !

Les inspecteurs se rendirent d'abord chez Mary. Elle avait de grosses larmes qui coulaient le long de ses joues. Elle remercia les inspecteurs pour leur travail et elle les quitta d'un air absent et triste. Jane, sa nouvelle compagne la serra contre elle.

Les inspecteurs revinrent au commissariat de police et contactèrent tous les invités du vernissage. Tout le monde était surpris d'apprendre qu'Albert Talbot était l'auteur des deux crimes. Il était 19 h 30, Smith rentra avec un grand sourire aux lèvres. L'enquête était terminée et encore plus vite qu'ils ne l'avaient imaginé. Comme quoi, il ne faut jamais perdre espoir. Abbigail sauta dans ses bras et Béatrice l'embrassa. Sur la terrasse il y avait Robin qui était en train de reprendre des couleurs.

— Si vous voulez sergent, vous pouvez nous accompagner la semaine prochaine en Ecosse ?

— Non Merci, je ne voudrais pas abuser de votre hospitalité. J'aimerais rester encore une semaine ici. Si vous voulez me remettre les coordonnées du propriétaire, inspecteur ? Je vais l'appeler pour lui payer la semaine supplémentaire, rétorqua Hard.

— Alors Abbigail, tu me racontes votre journée, demanda-t- il à sa fille ?

— Oh papa, rentre à la maison avec nous, je te raconterai. As-tu fini ton enquête ? Oui, elle est terminée !

— Robin est un homme super gentil, dommage qu'il ne vienne pas avec nous en Écosse. Mais il a surtout beaucoup de patience pour nous accompagner faire les courses.

— Oh avec vous deux ce n'est pas toujours évident!

Et c'est par cette magnifique soirée d'été que l'enquête sur le meurtre de Sonia Talbot et de Rose Fisher prit fin. Une fin tragique pour une pauvre femme qui ne se rendait pas compte qu'elle faisait souffrir les personnes qui l'aimaient.

Une fin abominable pour une innocente victime qui se trouvait au mauvais moment au mauvais endroit.

MEURTRE AU CHÂTEAU DE KINGSTOWN

De retour de leurs vacances du Dorset et d'Écosse, l'inspecteur Arthur Smith arriva au bureau le lundi matin. Il avait l'air bien reposé. Il souriait. Le sergent Robin Hard s'y trouva déjà. Il lisait l' *Evening Standard.*

— Bonjour sergent, comment allez-vous ?

— Bien, inspecteur, je me sens moins fatigué. J'ai bien apprécié cette semaine de plus dans le Dorset. J'ai visité pas mal de beaux endroits.

— Et vous inspecteur ?

— Eh bien, ça va, le premier jour est toujours un peu dur, mais on s'y fait. Béatrice est au travail et Abbigail à l'école. La vie quotidienne reprend son cours.

— Je viens d'avoir un de vos collègues de Dartford au téléphone, Alan Flanagan, il voulait vous parler, dit Hard.

— De quoi s'agit-il, est-ce qu'il vous a dit quelque chose ?

— Il y a eu un meurtre au château de Kingstown près de Dartford. C'est notre juridiction, non ? Ce n'est qu'à 25 kilomètres de Londres.

— Oui sergent, c'est juste. Mais qui a été assassiné ?

— Mary, la Duchesse de Worcester. Son corps a été retrouvé dimanche matin dans sa chambre à coucher par son mari. Elle n'avait que cinquante-cinq ans. Connaissez-vous le château et la famille inspecteur ?

— Non, désolé.

— Le château de Kingstown est une belle demeure de la fin du 19e siècle. Elle appartient à la famille du Duc de Worcester. Le château est situé un peu en dehors de Londres, à Dartford.

— Comment est-elle décédée sergent ?

— Elle se serait suicidée en se coupant les veines ! Mais d'après les investigations de la police locale, c'est bien d'un meurtre dont il s'agit. Elle n'était pas du tout suicidaire. C'était une femme plutôt joyeuse et pleine de vie, d'après les affirmations de son mari, Marvin. Tout son personnel l'aimait beaucoup. Donc nous avons certainement à faire à un meurtre maquillé en suicide. De plus le médecin légiste a relevé un taux élevé de benzodiazépines dans le sang. Il y en avait assez pour anesthésier un éléphant. Le légiste continue encore à chercher s'il y a d'autres éléments toxiques dans son sang. L'autopsie n'est pas encore terminée. Il paraît qu'elle a passé la soirée avec une amie. Les enquêteurs ont tout de suite analysé les mets et les boissons qu'elle avait pris le soir du meurtre. Ils ont fait une perquisition au restaurant. Ils n'ont rien trouvé. Le meurtrier ne peut être qu'un membre de la famille ou du personnel. Mais bon l'enquête piétine ! Le couple a deux enfants, une fille de vingt-deux ans Janette, et un garçon Richard de dix-neuf ans qui sont tous les deux encore à l'université de Cambridge respectivement Oxford. Il y avait également le frère du duc, Ben et Susie, sa femme qui vivvent avec eux au château. Le château a vingt- deux pièces, donc tout le monde a son "petit royaume." Mais qui peut lui en vouloir à ce point ?

— Robin, vous savez, le véritable motif pour assassiner une personne, c'est toujours le plus difficile à trouver lors d'une enquête. Je pense, poursuivit-il, que je vais de ce pas appeler l'inspecteur Flanagan, qui est responsable de l'enquête à Dartford.

Et Smith se rendit à son bureau.

— Bonjour Alan, comment allez-vous ?

— Bonjour Arthur, Merci d'avoir rappelé. Robin vous a informé de ce qui se passe ici. Ce serait super si vous pouviez venir nous donner un coup de main ?

— Nous serons là demain vers 9 heures, le temps de voir les dossiers en cours, de distribuer les tâches et de faire le point. Nous revenons de congé. Et bien sûr il nous faudra également l'accord du commandant Martin Harper, mais je pense qu'il n'y aura pas de soucis !

— D'accord, nous vous attendons demain matin. Au revoir Arthur, et merci.

Smith et Hard se concentrèrent sur leurs dossiers en cours. Ils étaient rejoints par les inspecteurs Dan Wilder et Manuel Benson, les nouvelles recrues fraîchement embauchées. Smith était content que le commandant Martin Harper ait donné le feu vert ! Wilder et Benson avaient déjà quelques années d'expérience sur le terrain. Smith était en train de distribuer les tâches et enquêtes des dossiers en cours quand on frappa à la porte du bureau.

La porte s'ouvrit et Martin Harper apparut. Cela faisait deux semaines que Smith et Hard ne l'avaient pas revu. Il avait l'air amaigri et très pâle.

— Bonjour inspecteur Smith

— Bonjour sergent Hard, ravi de vous avoir à nouveau parmi nous ! Auriez-vous cinq minutes s'il vous plaît, je dois vous parler ?

— Veuillez prendre place Messieurs, je vais commencer par le plus astreignant pour moi. Bon, mon médecin m'a diagnostiqué une maladie incurable. Je n'ai plus la force de continuer ainsi. Je ne sais pas combien de temps il me reste encore à vivre. C'est pour cela que j'ai pensé à vous Smith et à vous Hard. J'ai l'intention de vous faire profiter à tous les deux d'une promotion. Pour commencer Smith, vous allez accéder au poste d'inspecteur en chef et vous Hard vous allez accéder au poste d'inspecteur. Qu'en pensez-vous ?

Smith et Hard étaient perplexes.

— Nous vous remercions pour votre confiance. Nous espérons que vous serez néanmoins encore longtemps parmi nous !

— Merci commandant Harper, je suis un peu ému, répliqua Hard, je vais faire de mon mieux pour ne pas vous décevoir !

— J'en suis convaincu, répliqua Harper. Mon assistante a préparé les nouveaux contrats, il ne reste plus qu'à les signer.

Et les enquêteurs s'empressaient de les signer.

— Avez-vous lu la presse ce matin, demanda Harper ?

— Oui fit Smith, si vous voulez parler du meurtre de la Duchesse de Worcester, commandant ?

— C'est exact, Smith !

— Excusez-moi commandant, l'inspecteur Flanagan a appelé ce matin. Il a demandé notre aide pour l'enquête.

— Bien je vous donne patte blanche, Messieurs. Je sais que je peux vous faire confiance. Mais je vous en prie tâchez d'obtenir des résultats positifs rapidement. J'ai le procureur de sa majesté sur le dos. Vous connaissez Marlow, il est d'un tempérament impatient et nerveux.

Il savait néanmoins que Smith et Hard étaient d'excellents éléments. Il était heureux qu'il ait pu leur alléger un peu le travail en embauchant Wilder et Benson. Certes c'étaient de jeunes éléments, frôlant la trentaine, mais respectueux, organisés et travailleurs. Il était satisfait. Il n'aurait pas voulu abandonner le service dans le désordre, ne sachant pas pour combien de temps il aurait encore à vivre. Le commandant avait toujours été plein de sagesse et de gentillesse. Il frôlait la soixantaine. Il était marié avec Vivianne, une mère au foyer avec laquelle il avait eu le bonheur d'avoir 3 enfants. Des jumeaux de 32 ans, James et Jack qui eux avaient ouvert un cabinet d'avocats, et une fille de 25 ans, Sandra, qui elle était professeur d'histoire. La famille était au courant de sa maladie. Ils l'entouraient de toute leur affection.

— Ne vous inquiétez pas commandant, dit Smith, nous ferons le maximum. Et encore merci.

À leur sortie, les deux enquêteurs avaient l'air triste, malgré leur promotion. Ils se rendirent dans la salle de réunion avec Wilder et Benson pour les mettre au courant de la nouvelle enquête et les informèrent de leur promotion.

Puis ils reprirent là où ils s'étaient arrêtés.

— Bon, dit Smith, résumons-nous, Hard et moi-même allons enquêter à Dartford à partir de demain matin. Wilder et Benson vous allez enquêter sur le mort qu'on a trouvé près des mines de craie. Et il reste encore l'enquête de la série de cambriolages à élucider qui se sont passés à Croydon.

— Ah inspecteur, j'ai déjà les premiers résultats du médecin légiste, Jackson a été poignardé à l'arme blanche. Je continue mon enquête du côté de la famille et des voisins, répondit Wilder.

— Très bien tenez-moi informé, rétorqua Smith.

Il sortit aussitôt et alla s'acheter de quoi tenir le coup jusqu'au soir. Après le déjeuner il se rendit dans le bureau de Hard.

— Dites-moi Robin, que pensez-vous d'organiser un verre au Café *MARINE'S INN* avec quelques sandwiches, cela ne devrait pas être trop cher, non? Nous devons fêter l'événement avec nos collègues.

— Bien sûr, je trouve que c'est une bonne idée, je vais m'en occuper tout de suite, si vous le souhaitez ? Je fais le tour du service, je compte les participants, et je vais réserver.

— Très bien, je dirais vendredi 18 heures, juste avant le week-end ?

— Ok c'est parti, répondit Hard.

À 19 h 30, Smith était à la maison. Il était passé chez le Chinois avant. Il en avait informé Béatrice dans la voiture. Il avait ramené du poulet, du canard, du bœuf et du riz. Abbigail était assise à son bureau en train de faire ses devoirs. Elle se jeta dans ses bras pour l'embrasser. Béatrice avait dressé la table. Après le dîner les Smith se mirent devant la télé. Abbigail se coucha vers 21 heures et les époux Smith vers 22 h 30. La vie quotidienne suivait son cours. Le lendemain matin Smith attendit Hard devant le parking de Scotland Yard. Il était 7 h 30. Ils devaient se rendre comme convenu au château de Kingstown près de Dartford.

— Bonjour Robin, comment allez-vous ?

— Bien et vous-même ?

— Bien, Merci. J'ai fait le tour des bureaux. Nous serons à vingt personnes vendredi. J'ai fait les réservations également au

MARINE'S INN, et j'ai donné un acompte de 250 Livres Monsieur l'inspecteur en chef.

— Robin, je pense qu'Arthur serait le bienvenu. Nous travaillons depuis deux ans ensemble maintenant, alors appelez moi Arthur s'il vous plaît, OK ?

— D'accord, Arthur.

— Vous pouvez me tutoyer aussi, aucun souci.

— Robin voici 130 livres, merci encore, je sais que je peux toujours compter sur toi.

Il leur fallut un peu plus d'une demi-heure pour arriver au commissariat de police de Dartford

— Bonjour Alan, puis-je vous présenter Robin Hard, notre inspecteur ? Moi-même je suis depuis hier inspecteur en chef.

— Enchanté Robin. Félicitations à vous deux. Veuillez prendre place s'il vous plaît. Bon, nous allons venir directement aux faits. Il y a deux jours la duchesse de Worcester a été trouvée morte dans sa chambre à coucher. Apparemment elle se serait taillée les veines. C'est son mari Marvin, qui l'a trouvée le matin au réveil. Les époux ne partagent plus la même chambre à coucher ; Marvin étant asthmatique, et toussant beaucoup surtout la nuit, il ne veut pas déranger son épouse.

— Que dit votre médecin légiste, Alan? À quelle heure remonte le décès ?

— Le décès remonte aux environs de 23 h 30. Le légiste a trouvé des traces de strychnine et de benzodiazépines dans le sang de la Duchesse. Elle n'avait aucune chance de survivre. Enfin, elle ne s'est pas vue mourir, Dieu merci. Mais c'est affreux, la pauvre femme. C'était vraiment crapuleux de maquiller le meurtre en suicide.

— Bon, répliqua Smith, je suggère, si vous le voulez bien, de commencer par interroger la famille de la victime, ses amis, le personnel, son notaire si elle a fait un testament. Peut-être y verrons-nous un peu plus clair par la suite, qu'en-pensez-vous tous les deux ?

Les deux autres enquêteurs acquiescèrent.

— Comment va-t-on procéder Arthur ? demanda Alan.

— Je suggère que vous Alan interrogiez le mari, moi je vais interroger les enfants, et Robin il serait utile d'interroger les autres membres de la maison, c'est-à-dire Ben et Susie. Pour le personnel nous verrons. Nous demanderons également une liste des amis et connaissances du couple.

— Oui d'accord, répondirent Flanagan et Hard.

Après 15 minutes en voiture les trois enquêteurs arrivèrent devant le château de Kingstown. Il était 9 h 30. Il y avait un portique noir en fer forgé qui protégeait la demeure. Nos trois policiers sonnèrent. Un interphone se déclencha. Après les présentations le portique s'ouvrit. Le château était très bien entretenu. Il datait de la fin du 19e siècle. La toiture avait été refaite récemment. Les volets en bois étaient également repeints. Le jardinier était en train de tondre la pelouse. *Ah, une vrai pelouse anglaise, pensa Smith.* Les roses étaient en fleurs. Cela devait être des *Queen Elisabeth* d'un rose sublime. D'autres étaient blanches et jaunes. Certaines étaient fanées. Un second jardinier était en train de les tailler. Derrière le château se trouvait un petit verger et un minuscule potager. Nos trois policiers sonnèrent à la porte d'entrée.

— Bonjour Messieurs, fit James le majordome des Worcester. Puis-je vous prendre vos manteaux et vos chapeaux, Messieurs ? Monsieur le Duc vous attend dans la bibliothèque. Veuillez me suivre s'il vous plaît. Souhaitez-vous prendre un thé, Messieurs ?

— Bien volontiers, firent les trois enquêteurs. James s'éloigna.

Le duc de Worcester devait avoir la soixantaine. Il portait un costume en Tweed gris et un gilet. Une cravate grise ornait une belle chemise blanche en soie. De petites lunettes noires étaient posées sur le bureau. Un Cavalier King Charles s'approchait doucement des policiers et reniflait chacun d'eux.

— Viens ici Fiona, fit-il à sa chienne. Elle est curieuse vous savez. Elle est très douce.

Il était assis à son bureau en bois de Mahagoni brun foncé. À côté de lui se trouvait un petit secrétaire avec trois tiroirs. Sa bibliothèque contenait une grande armoire ancienne avec une quantité de livres non négligeable.

— Veuillez prendre place, Messieurs.

— Bonjour Monsieur le duc, nous nous excusons de devoir vous importuner dans un pareil moment, répondit Flanagan. Nous vous présentons nos sincères condoléances. Nous voudrions avancer dans l'enquête. Puis-je vous présenter nos collègues de Scotland Yard, l'inspecteur en chef, Arthur Smith, et son collègue l'inspecteur, Robin Hard, moi je suis l'inspecteur Flanagan.

— Vos enfants et le reste de la famille sont ils présents ? demanda Flanagan.

— Oui, inspecteur, je vais les appeler, veuillez patienter un petit moment, Merci.

James entra et servit le thé. Marvin appela ses enfants. Janette descendit suivi de son frère Richard. Janette avait les cheveux blonds. C'était une jeune femme très élégante. Ses yeux étaient rougis. Elle portait une jupe bleue foncée et un chemisier blanc. James avait un visage plein de tâches de rousseurs. Il était roux. Il portait un costume en Tweed gris et un gilet. Une cravate noire ornait une chemise en soie de couleur blanche. Il avait également les yeux rougis et cernés. Par la suite Ben, le frère de Marvin et Susie, son épouse descendirent. Ben et sa femme devaient avoir une quarantaine d'années. Ben portait un jean noir et une chemise blanche. Sa femme portait un jean blanc et une blouse noire. Marvin fit les présentations. Chaque membre de la famille était interrogé séparément, ce n'étaient pas les pièces du château qui manquaient pour ce faire. L'inspecteur Flanagan commença à interroger le mari de Mary, Marvin.

— Monsieur le duc, pourriez-vous me dire à quelle heure vous avez vu Mary votre épouse pour la dernière fois ?

— Il devait être à peu près 19 h 30 avant hier, donc samedi. J'avais fait un peu de natation l'après-midi du samedi, et j'étais fatigué. Mary voulait que je l'accompagne au dîner. Mais j'ai refusé. J'étais épuisé. Ma femme est allée dîner avec une amie de longue date, Meredith Miller. Son mari Bernhard et moi-même nous nous connaissons depuis l'université. Mary trouvait Meredith tellement gentille et calme. Elles sortaient ensemble dîner ou déjeuner de temps à autre. Meredith et Bernhard habitent à Dartford depuis 30 ans. Bernhard est juge. Meredith ne travaille plus, mais elle s'occupe d'une association de bienfaisance. Le couple n'a pas d'enfants. Elles sont allées manger Thaïlandais au *SIAM PALACE*. Elle m'a dit au-revoir vers 19 h 30. Qui aurait pu penser que c'était la dernière fois que je la verrais ? Mon Dieu! Je suis allé me coucher aux environs de 22 heures comme je vous l'ai dit. Je souffre d'asthme depuis un moment, et je suis souvent levé la nuit et assis dans mon fauteuil. C'est pour cette raison que nous faisions chambre à part. Margareth m'a amené une tisane calmante vers 22 heures. Je me suis endormi aux environs de 22 h 30. Elle travaille depuis des années à notre service. Il était 9 heures dimanche matin, et je m'étonnais que Mary ne soit toujours pas levée. Quand je suis allé voir dans sa chambre à coucher, j'ai découvert le corps inanimé de ma femme. Elle gisait dans une marre de sang. Elle s'était taillé les veines. Oh, je n'oublierais jamais cette scène, c'était affreux ! Je suis certain qu'une main étrangère l'a aidé. Ma femme n'était pas suicidaire.

— Bien Monsieur le Duc, pour terminer il me faudrait une liste de votre personnel et de vos amis pour que nous pussions avancer dans notre enquête. Pour vos amis, il me faudrait également un numéro de téléphone, merci. Encore une dernière chose, veuillez nous indiquer le nom du notaire de votre épouse s'il vous plaît.

Marvin prit une feuille de papier et nota ce que l'inspecteur lui avait demandé.

— Mais qu'est-ce que son notaire a avoir avec sa mort ? demanda Marvin.

— On ne doit négliger aucune piste, Monsieur le Duc.

— Je vous remercie de bien vouloir vous tenir à la disposition de la police, dans le cas où nous aurions encore des questions à vous poser. Merci.

— Bien-sûr, Monsieur l'Inspecteur en chef.

Pendant ce temps, Smith interrogeait les enfants séparément. Il s'adressa d'abord à Janette.

— Tout d'abord je vous présente mes sincères condoléances Mademoiselle de Worcester ; nous aurions besoin de votre aide pour avancer dans l'enquête de la mort de votre mère.

— Bien sûr Monsieur l'Inspecteur, comment puis-je vous aider ?

— Il faudrait d'abord que vous me disiez ce que vous faisiez à l'heure du meurtre de Madame la Duchesse ?

— Mais vous n'allez quand même pas m'accuser d'avoir assassiné ma mère ?

La voix de Janette tremblait.

— Mademoiselle veuillez répondre, nous menons une enquête pour meurtre !

— J'étais sortie avec une amie Mandy Armstrong. Nous étions d'abord dîner indien au *COBRA INN*, ensuite nous sommes allées au cinéma. J'ai gardé par hasard le billet de cinéma. Voyez par vous-mêmeinspecteur.

— Merci. À qu'elle heure êtes-vous rentrée au château ?

— Il devait être aux environs de 23 h 30. Je n'ai pas vu mes parents quand je suis rentrée. Néanmoins j'ai vu que le manteau de maman était dans la penderie, donc elle était rentrée. Ma chambre est à côté de celle de James, nous sommes assez éloignés des chambres de nos parents.

— Est-ce que vous étudiez à Cambridge ?

— Oui, je voudrais être professeur d'anglais !

— Comment qualifieriez-vous l'entente de vos parents ?

— Comme dans tous les couples, il y a des hauts et des bas, vous savez. Mes parents sont mariés depuis vingt-cinq ans, alors rien d'étonnant si on se dispute des fois. Je crains que c'est partout pareil, non ?

— Nous allons vérifier votre emploi du temps et nous vous tiendrons au courant. Merci de me donner encore le numéro de téléphone de Mademoiselle Armstrong, s'il vous plaît.

Et Janette s'exécuta.

— Veuillez ne pas quitter le château dans le cas où nous aurions encore des questions à vous poser. Pourriez- vous dire à votre frère Richard de bien vouloir rentrer, Mademoiselle ? Merci...

— Bonjour Monsieur le Duc, merci de prendre place ! Tout d'abord je vous présente mes sincères condoléances. Je suis navré de ce qui est arrivé à votre mère. Pourriez-vous me dire ce que vous faisiez au moment du meurtre de la duchesse, s'il vous plaît ?

— Mais, pourquoi, vous me soupçonnez inspecteur ? Richard rougit.

— Veuillez répondre, Monsieur, nous menons une enquête pour meurtre.

— J'étais voir un match de Polo avec mon ami, Charles. J'étais sorti aux environs de 20 heures. Après le match nous sommes allés manger un burger. Après nous sommes allés dans un Pub, le *Sailor Inn*. Je suis rentré aux environs de 23 heures. Ma chambre est assez éloignée de la chambre de maman, donc je ne sais pas à quelle heure elle était rentrée. Tout était calme dans la maison.

— Nous allons vérifier tout cela, Monsieur le Duc. Auriez-vous l'amabilité de nous donner les coordonnées de votre ami. Je tiens à préciser que nous ne faisons que notre travail pour élucider au plus vite le décès de votre mère.

— Je comprends !

— Est-ce que vous étudiez à Oxford ?

— Oui, je voudrais travailler dans la recherche médicale.

— Dernière question, comment qualifieriez-vous l'entente de vos parents ?

— Je ne sais pas, mais j'avais l'impression que mes parents s'éloignaient de plus en plus l'un de l'autre les six derniers mois. L'ambiance était des fois étrange, froide et distante. Mais bon, comme je suis aux études, je ne puis rien dire de plus, car je ne suis pas toujours à la maison vous savez. Mais après vingt-cinq ans de mariage, je pense que c'est normal si tout ne va pas toujours comme on voudrait.

— Ce sera tout pour aujourd'hui, nous vous tiendrons au courant de l'avancement de l'enquête. Merci de vous tenir à la disposition de la justice si jamais nous avions encore des questions à vous poser.

Et Richard s'éloigna. L'inspecteur Hard fit l'interrogatoire de Ben de Worcester.

— Veuillez prendre place Monsieur le Duc. Pouvez-vous nous parler de votre belle-sœur Mary, ainsi que de la relation avec votre frère ?

— Mary était une femme très gentille, et bien éduquée. Elle était d'une nature joyeuse et enjouée. Je ne comprends pas qui pouvait lui en vouloir à ce point ? Et l'entente avec mon frère se passait plutôt bien. Enfin, vous savez quelques frictions de temps à autre, mais rien de grave.

— Où étiez-vous à l'heure du meurtre de votre belle-sœur, demanda Hard ?

— Pourquoi vous me soupçonnez de l'avoir supprimée ? En voilà une idée !

— Veuillez répondre à ma question, Monsieur le Duc.

— Susie et moi-même, nous sommes partis dîner au restaurant français *CHEZ CHARLES*. Il devait 21 heures quand nous sommes rentrés. Après le dîner, j'ai joué au bridge avec ma femme. Nous étions au petit salon au premier étage. Nous nous sommes couchés aux environs de 22 h 30. Comme vous avez pu le constater le château est grand, nous n'avons pas vu de la soirée ni ma belle-sœur ni mon frère. Par contre Margareth la gouvernante de Mary et Marvin nous a servi un thé. Il devait être 22 h 15 à peu près quand nous nous sommes couchés.

— Bien, pouvez-vous me donner encore les coordonnées du restaurant s'il vous plaît ?

— Voici, vous pouvez vérifier.

— Encore une dernière question, comment qualifierez-vous la relation conjugale de votre frère et belle-sœur ?

— Pas trop mal, pour vingt-cinq ans de mariage. Comme partout il y a parfois des disputes, à cause de choses minimes, l'éducation des enfants, mais rien de grave je pense !

— Quel métier exercez-vous Monsieur le Duc ?

— Je suis médecin généraliste ici à Dartford !

— Est-ce que vous avez prescrit des benzodiazépines à votre belle-sœur récemment ?

— Non inspecteur, ma belle-sœur n'est pas ma patiente, désolé. C'est le docteur Angelo Marconi. Je vous note son numéro de téléphone.

— Très bien, merci, nous vous tiendrons au courant de l'évolution de l'enquête, Monsieur le Duc. Merci de ne pas quitter le château si nous avions encore des questions à vous poser. Pourriez-vous s'il vous plaît faire rentrer votre épouse ? Merci.

— Veuillez prendre place Madame de Worcester. Parlez-moi un peu de votre entente entre vous et votre belle-sœur ainsi qu'avec votre beau-frère ?

— Mary était une femme joviale et très gentille. Elle avait toujours le sourire aux lèvres. Décidément je ne comprends pas qui pouvait lui en vouloir au point de l’avoir supprimé et d’avoir maquillé le meurtre en suicide, c'est abjecte !

Mary et moi nous nous entendions bien. Nous faisions souvent les magasins ensemble, quand mon temps libre me le permettait.

— Que faites-vous comme travail Madame la Duchesse ?

— Je suis enseignante de français au Lycée de Dartford. Avec mon beau-frère je m'entendais bien, mais l'ambiance était moins chaleureuse qu'avec Mary. Il est plus introverti, plus froid et distant. Néanmoins nous étions courtois et polis lors de nos rencontres. Vous savez le château est immense, et Ben et moi avons préféré rester ici, car Marvin ne pouvait plus entretenir toute cette surface ; ce que mon mari et moi-même comprenons bien. Ensuite, les études des enfants cela coûte cher également, quoique je dois avouer que mon neveu et ma nièce travaillent pendant les vacances scolaires ou pendant le week-end, cela dépend.

— Que pensez-vous de l'entente du couple, Madame ? demanda Hard.

— Vous savez c'est comme partout, mon beau-frère est un peu carré, et Mary était plus cool, ils se disputaient parfois, mais bon, c'est comme partout après vingt-cinq ans de mariage.

— Pouvez-vous me dire encore où vous étiez à l'heure du crime, Madame s'il vous plaît.

— Mon mari a dû vous le dire, nous étions sortis, nous sommes partis dîner au Restaurant français *CHEZ CHARLES*. Il devait être 21 heures quand nous sommes rentrés. Après le dîner, j'ai joué au bridge avec mon mari. Ah, je perds la plupart du temps. Nous étions au petit salon au premier étage. Nous nous sommes couchés aux environs de 22 h 30. Ah, avant de nous coucher nous n'avons vu que Margareth qui nous a servi un thé.

— Je vous remercie, ce sera tout pour le moment. Dès que nous aurons avancé sur l'enquête nous vous informerons. Veuillez néanmoins rester à la disposition de la justice si par hasard nous aurions encore des questions à vous poser, Madame la Duchesse.

— Bien-sûr inspecteur, j'espère que le ou la meurtrière sera vite trouvé, c'est horrible cette histoire. Merci.

Il était 11 heures et les trois enquêteurs vérifiaient la liste du personnel du château.

Soudain le portable de Smith sonna, c'était Dan Wilder, l'inspecteur chargé de l'élucidation du meurtre du cadavre retrouvé dans les Mines de Craie.

— Allo Wilder, vous avez du nouveau ?

— Oui, en effet nous savons qui est le meurtrier, c'est un coup de chance. Malheureusement il s'est échappé, et Interpol le recherche. La victime s'appelle Charles Backer, 45 ans. Il travaillait à la *Farmer's Bank* à Londres. Le jour du meurtre, d'après la déposition de ses collègues de bureau, il devait se rendre à la Banque *BSU* avec une mallette remplie d'argent. Il devait honorer un contrat immobilier. Ce qui est bizarre, c'est qu'il aurait pu faire un virement. Soit, James a été suivi par un voleur notoire. Nous avons trouvé ses empreintes sur le lieu du crime. Clyde Miller est fiché dans le fichier central. Jusqu'à présent, il n'avait pas encore un meurtre à son palmarès. Ce qui m'intrigue, c'est comment savait'il que Backer avait cet argent sur lui ? Donc nous avons poussé nos recherches un peu plus loin. Je pense qu'il avait un ou une complice à l'intérieur de la banque. L'autopsie a révélé que Baker s'est défendu. Il avait des particules de peau en dessous de ses ongles qui appartenaient à Clyde Miller. Malheureusement Miller s'est enfui, et Interpol est à sa recherche comme je vous l'ai expliqué. Nous vous tiendrons au courant de l'enquête !

— Superbe travail Wilder et Benson, je vous félicite.

— Merci chef, et vous, avancez-vous ?

— Ce ne sera pas aussi facile comme dans votre affaire. Nous sommes en train d'interroger le personnel du château. La famille a déjà été questionnée.

— Bonne chance, fit Wilder, on s'appelle. Smith raccrocha. Flanagan dit à ses collègues :

— Donc, comme personnel du château, nous avons le majordome James, la gouvernante Margareth, la secrétaire

Cynthia, les cuisinières Louise et Elisabeth, les femmes de chambre Corinna et Lydia et enfin les jardiniers Dan et Markus.

— Je suggère que vous Arthur, vous interrogiez James, Margareth et Cynthia. Vous Robin, interrogerez Louise, Elisabeth et Corinna. Il m'incombera de questionnr Dan et Markus.

— Quelle heure est-t-il, demanda Flanagan ?

— Il est 11 h 30, répondit Hard.

— Tâchons de terminer aux environs de 13 heures, je vous emmène chez *NESTOR*, un bar restaurant. Nous pourrons y faire le point également.

— Bonne idée, rétorquèrent Hard et Smith.

Smith commença à interroger James, un majordome courtois et bien éduqué. Il devait avoir aux alentours de 60 ans. Il portait une moustache grisonnante. Une paire de lunettes ornait un nez fin.

— Veuillez prendre place, Monsieur, merci. Combien d'années êtes-vous au service du Duc et de la Duchesse ?

— Cela doit faire 25 ans, Monsieur l'inspecteur.

— Pourriez-vous me dire où vous étiez à l'heure du crime, s'il vous plaît ?

— J'avais fini mon service aux environs de 20 h 30. Je suis sorti au bar *AMANDAS INN*, pour boire une pinte de bière. Ils ne cuisinent pas trop mal. J'ai envie des fois de déjeuner à l'extérieur, cela me change un peu. J'ai rencontré par hasard un vieil ami, Frank Hutchinson. Nous ne nous étions plus revus depuis des lustres. Nous avons mangé un morceau et avons discuté du bon vieux temps. Je vais vous noter son numéro de téléphone. Il pourra confirmer mes dires. Je suis rentré aux environs de minuit. Voici son numéro de téléphone et je vous ai noté également le numéro du *AMANDAS INN*. Quand je suis rentré je n'ai plus entendu de bruit. Les manteaux de toute la famille étaient à la garde robe. Je supposais donc, que tout le monde était rentré. Il en était de même dans la garde robe du personnel.

— D'accord, maintenant que pouvez-vous nous dire sur Monsieur et Madame de Worcester ? Qu'elle était l'entente entre les époux ?

— Monsieur l'inspecteur, comme chez tout le monde, il y avait des hauts et des bas. En ce moment le climat familial était plutôt neutre. Les époux ne se parlaient pas tellement. Monsieur le Duc avait beaucoup de travail avec le réaménagement du château. Il s'occupait de l'architecte, du peintre. Mon Dieu ce château, il l'a bien transformé, c'était une ruine. Madame la Duchesse laissait faire son mari. C'était une très gentille personne pourvue d'un sens de l'honneur et de la justice. Elle gérait le personnel, s'occupait de la liste des achats pour la maison, du déjeuner et du dîner, la décoration de l'intérieur. Elle s'occupait également du jardin et des jardiniers quand son mari n'avait pas le temps. Donc vous voyez, le travail était partagé. Je suis vraiment attristé par sa mort, tout le monde l'aimait ici. J'espère que vous allez trouver rapidement le meurtrier !

— S'il vous revenait quelque chose en mémoire, n'hésitez- pas à nous le communiquer. Nous allons vérifier votre alibi. Si jamais quelque chose vous revenait en mémoire, voici ma carte visite. Merci de ne pas quitter le château jusqu'à la fin de l'enquête. Nous allons tout faire pour arrêter cette crapule. Auriez-vous l'amabilité de bien faire rentrer Madame Margareth, s'il vous plaît ?

— Bonjour Madame. Prenez place, merci. *Elle doit avoir à peu près cinquante-cinq ans,* pensa Smith. Margareth avait l'air nerveuse et irritée. C'était encore une femme attirante.

— Pouvez-vous me dire combien d'années vous êtes au château, Madame ?

— Cela fait 23 ans, Monsieur l'inspecteur Smith.

— Où étiez-vous le soir où la Duchesse a été assassinée ?

— J'étais ici au château. J'ai, enfin tout le personnel a une chambre à coucher ici, à part Dan et Markus les jardiniers. Je me suis couchée aux environs de 23 heures. Avant j'avais servi un thé à Madame Susie et Monsieur Ben. Il y avait également Louise et

Elisabeth à la cuisine, quand j'ai préparé le thé. Elles étaient en train de faire les préparations pour le lendemain.

— Quand avez-vous vu Madame Mary pour la dernière fois ?

— Je lui ai amené une infusion, il devait être aux environs de 22 h 45. Je pense que Monsieur le Duc dormait déjà. Je n'ai plus vu de lumière à travers le bas de la porte. La Duchesse était toute joyeuse car elle avait passé une bonne soirée. Qui aurait pu penser que c'était sa dernière. Mon Dieu c'est affreux. J'espère que vous allez vite trouver le coupable. Une larme coulait le long de ses joues.

— Est-ce qu'elle s'est plainte de quelque chose, un mal de tête ou un mal de ventre, par exemple, Madame ? demanda Smith.

— Non, elle n'a rien dit, répondit Margareth. Pauvre Monsieur le Duc, il ne mérite pas ce qui lui arrive.

— S'il vous revenait un détail en mémoire, si minime soit-il, n'hésitez pas à m'appeler, Madame. D'accord ?

— Ce sera tout pour le moment, merci. Néanmoins nous pourrions être amenés à vous poser d'autres questions. Merci de ne pas quitter le château, Madame. Ne vous inquiétez pas, nous allons faire le maximum pour trouver le coupable. Auriez- vous, l'amabilité de faire rentrer Madame Cynthia ?

— Bonjour Madame, veuillez prendre place.

— Bonjour.

Devant lui se tenait une petite jeune femme frêle qui devait avoir aux alentours de la trentaine. Cynthia avait les cheveux brun foncé. Elle était vêtue d'une jupe noire et d'un chemisier blanc.

— Madame, pouvez-vous me dire quel était votre emploi du temps dans la nuit de samedi à dimanche lors du meurtre de Madame la Duchesse ?

— J'avais quitté le château samedi matin pour me rendre chez mes parents à Dartford. Ils m'avaient invitée pour le déjeuner. Je suis partie aux environs de 10 heures le matin, car j'avais encore des courses à faire. Je vais vous noter leur numéro de téléphone. Je suis arrivée vers midi chez eux. Vers 16 heures, maman et moi sommes allées voir un film au cinéma *Paradiso*. Papa est resté chez lui. La séance était terminée vers 18 heures. Après cela nous sommes allées boire un café chez ma tante Linda. Nous sommes rentrées vers 19 h 30. Papa avait déjà dressé la table et nous avons soupé. Je suis rentrée aux environs de 22 heures au château. Je dors à un étage différent de la famille, donc je ne puis vous dire si Madame était déjà rentrée ou non. J'ai croisé Louise et Elisabeth dans la cuisine. Elles étaient en train de terminer les préparations pour le lendemain. Nous avons bavardé un petit moment ensemble. Je me suis couchée aux environs de 22 h 45.

— Depuis combien de temps travaillez-vous au service des Worcester, Madame ?

— Cela doit faire trois ans bientôt ; mon Dieu comme le temps passe vite Je suis très satisfaite de mon travail qui est très diversifié. En ce moment Monsieur le Duc a organisé des rénovations au château. Je l'aide pour trouver les ouvriers respectivement les architectes, peintres, décorateurs. Je m'occupe également de la comptabilité, j'ai un diplôme d'expert comptable.

— Est-ce que la fortune vient de Monsieur ou Madame ?

— C'est Madame qui avait plus les moyens que Monsieur pour gérer le château. Je ne comprends toujours pas qui a pu lui en vouloir à ce point pour la supprimer, c'était une grande dame avec un grand cœur. Elle faisait toujours tout ce qui était en son pouvoir pour gérer convenablement la famille, le personnel. J'espère que vous allez arrêter rapidement le coupable.

— Nous allons tout faire pour cela Madame, pas d'inquiétude. Maintenant encore une dernière question, comment était l'entente entre Monsieur et Madame ?

— Depuis quelques mois le climat était un peu tendu, rien de bien dramatique. Vous savez la rénovation du château devait fatiguer beaucoup Monsieur le Duc. Puis il faut gérer les études des enfants, mais pas que cela. La tension montait des fois entres les époux.

— Bon, nous allons vérifier tout cela. Je vous prie de bien vouloir vous tenir à la disposition de la justice, si toutefois nous avions encore des questions à vous poser. Merci pour votre aide.

Pendant ce temps Hard était en train d'interroger Elisabeth et Louise les cuisinières. C'étaient deux sœurs d'une soixantaine d'années. Elles portaient des tabliers en coton blanc. Des cheveux gris ornaient leur visage. Leurs mains étaient celles de personnes qui avaient déjà beaucoup travaillé dans leur vie. Hard demanda à l'aînée, Louise :

— Madame, pouvez-vous me dire ce que vous faisiez à l'heure du meurtre de Madame ?

— Ma sœur et moi étions occupées à la cuisine depuis 20 heures. Nous avions préparé le dîner pour Monsieur le Duc, Madame étant sortie. Après nous avons débarrassé le salon, fait la vaisselle. Hélas il nous manque un lave-vaisselle, mais ce n'est pas bien grave. Vers 21 heures, nous avons commencé les préparatifs pour le lendemain. Ma sœur Elisabeth a nettoyé les marmites en cuivre, un sacré boulot vous savez Monsieur l'Inspecteur. Vers 22 heures, Cynthia est venue faire un brin de causette à la cuisine avec nous. Nous nous sommes couchées toutes les deux aux environ de 23 heures. J'ai oublié quelque chose, Elisabeth ?

— Margareth est venue préparer une infusion pour Madame Susie et Monsieur Ben ainsi que pour Monsieur et Madame de Worcester, ajouta Elisabeth.

— Combien de temps êtes-vous au service des Worcester ?

— Cela fait 20 ans. Nous résidons au château car nous n'avons pas de famille. Pauvre Madame Mary, elle était si gentille. Qui a bien pu faire cela ? C'est abominable.

— Pour terminer l'interrogatoire, je voudrais simplement comprendre, comment était la relation entre Monsieur et Madame le Duc en ce moment ?

— J'avais l'impression qu'il y avait un petit froid entre Monsieur et Madame, pas de cris, rien de tel, juste un silence à couper au couteau. Mais bon des disputes il y en a partout vous savez, répondit Louise.

— Ce sera tout. Je vous remercie pour votre aide. Nous ferons tout ce qui est en notre pouvoir pour arrêter le coupable, Mesdames.

Et elles sortirent. Hard regarda sa montre, il était 12 h 45. Il se dirigea vers Smith et Flanagan. Flanagan leur fit signe, car c'était l'heure du déjeuner.

— Avant de partir déjeuner, je vais de suite appeler le docteur Marconi. J'irais le voir aussitôt que possible, dit Smith.

Smith composa le numéro de portable que Ben lui avait remis. Une voix avec un accent italien lui répondit. Smith pris rendez-vous pour le questionner.

— Nous allons faire une pause dit Flanagan à James, veuillez prévenir Monsieur le Duc que nous allons terminer l'interrogatoire plus tard. Nous allons revenir. Merci beaucoup pour votre aide.

Et ils partirent en direction du restaurant *NESTOR*. Le *NESTOR* était un vieux restaurant où l'on servait des produits de la mer, ce que les policiers appréciaient particulièrement. Le décor était typiquement marin. Il y avait des tableaux avec des nœuds marins et de Trois Mats qui ornaient les murs. Notamment celui du fameux *Cutty Sark*, le navire qui servit à faire le Commerce du thé entre le Royaume Uni et la Chine. Des cordes en chanvre et trois vieilles ancres décoraient les poutres du plafond du *NESTOR*.

— Alors, demanda Smith en s'adressant à ses deux collègues, que pensez-vous de cette histoire ?

— Apparemment l'entente entre les époux n'était pas au beau fixe, mais personne ne veut nous en dire plus. Est-ce une histoire d'argent, une histoire de cœur, ou autre chose, c'est ce que nous devons découvrir, si c'est bien sûr le mari qui a assassiné sa femme. Mais cela peux être quelqu'un d'autre pour un autre motif. Nous n'en sommes qu'au début de l'enquête. Et il faudra attendre ce que le docteur Marconi a à nous dire, répondit Robin.

— Exact, répondit Flanagan, nous devons encore

interroger, à part le reste du personnel, les amis des époux. Peut-être allons- nous en savoir un peu plus dans quelques jours. Le docteur Marconi a déjà été interrogé par mon personnel, mais allez-y quand-même, sait-on jamais ce qu'il va vous dire !

Après une pause d'une heure trente, voilà nos enquêteurs à nouveau dans la voiture direction le château de *KINGSTOWN* L'inspecteur Flanagan demanda à Hard :

— Robin, seriez-vous d'accord que j'interroge Corinna et Lydia les femmes de chambre et que vous preniez en charge l'interrogatoire de Dan et Markus les jardiniers ?

— Oui, c'est OK pour moi.

Smith, pendant ce temps alla interroger le docteur Marconi. Il mit dix minutes pour arriver à sa demeure. Un petit homme d'un mètre soixante lui ouvrit la porte. Il devait avoir aux alentours de la soixantaine. Sa chevelure était grisonnante.

— Bonjour Docteur Marconi. Je suis l'inspecteur en chef Smith de Scotland Yard. Puis-je entrer ?

— Bien sûr, veuillez prendre place. Voulez-vous un thé ou un café ?

— Non Merci. Venons-en aux faits ! Vous étiez le médecin des Worcester n'est-ce pas ?

— Oui, c'est horrible ce qui c'est passé. Je ne comprends pas, Madame Mary était tellement gentille. Qui a pu faire cela ?

— Est-ce que vous lui avez prescrit des benzodiazépines ces derniers temps ?

— Non, je le jure sur la tête de ma femme Angela. La police locale est déjà venue m'interroger à ce sujet. Madame Mary n'avait pas besoin de ces cachets, c'était une personne équilibrée. Je vous assure que ce n'est pas moi qui ait fait une ordonnance.

— C'est ce que nous allons vérifier Docteur Marconi. Veuillez ne pas quitter la région, je pense que nous serons amenés à nous revoir. Puis-je vous prendre vos empreintes, Merci ?

— Bien sûr, je vous en prie. J'espère que votre enquête prouvera que je n'ai rien à voir avec le meurtre de Madame la Duchesse !

Smith se remit en route pour le château de Kingstown. Flanagan fit signe à Corinna et Lydia, les femmes de chambre du château.

— Veuillez prendre place Mesdames. Il s'adressa d'abord à Corinna :

— Depuis combien de temps travaillez-vous pour les Worcester ?

— Oh, répondit-elle, cela va faire six ans. Corinna devait avoir la trentaine. Elle avait un air effacé un peu timide.

— Bon, demanda Flanagan, où étiez-vous à l'heure du crime?

— Le jour du meurtre de Madame, j'avais terminé mon service à 21 heures. Lydia et moi sommes allées à la cuisine pour rejoindre Elisabeth et Louise. Nous y avons grignoté un bout de pain avec du fromage et bu un café. Vous savez nous sommes comme une famille ici. Si l'une ou l'autre a trop de travail, nous quatre nous nous entraidons. Les Worcester apprécient. On a essuyé la vaisselle ensemble. Et puis ils sont très humains, jamais de gros soucis avec eux. Après cela nous sommes allées nous coucher. Lydia et moi avons deux chambres séparées. Il devait être 22 h 45.

— Pouvez-vous me dire si vous avez remarqué quelque chose, un détail peut-être, au sujet de Madame la Duchesse ? Même si c'est un détail insignifiant, il peut être important pour nous, demanda Flanagan.

— Hum, Madame était comme d'habitude quand elle est revenue de la soirée. Elle nous a dit qu'elle avait passé un bon moment. Nous l'avons croisée aux environs de 22 h 15.

— Que pouvez-vous nous dire sur l'entente des époux ?

— Ces derniers temps Monsieur était un peu taciturne. Il ne parlait pas beaucoup à Madame. Je ne comprenais pas, car Madame était une femme tellement joviale et gentille, mais bon on ne sait jamais ce qui se passe dans un couple, inspecteur. Il n'y avait pas de gros cris, de grosses disputes, mais simplement l'ambiance était un peu froide.

Flanagan se tourna alors vers Lydia, la deuxième femme de chambre.

— Madame Lydia, avez-vous quelque chose à ajouter à la déposition de votre collègue ?

Lydia était un peu plus âgée que Corinna. Elle devait avoir aux alentours de 40 ans.

— Est-ce qu'un détail vous revient, peut-être ? Connaissiez- vous Meredith, son amie ?

— Oui, répondit Lydia, je, enfin nous la connaissons. Elle était différente de Madame.

— Comment cela ? demanda Flanagan.

— Elle nous prenait toujours de haut, ce que Madame la Duchesse ne faisait jamais.

Puis elle regarda vers Corinna.

— Oui c'est exact, fit Corinna.

— Pour le reste, Monsieur l'inspecteur, je n'ai rien à ajouter à notre déposition.

— Bien, Mesdames, veuillez ne pas quitter les lieux, si jamais nous avions encore des questions à vous poser. Merci pour votre aide.

Pendant ce temps, l'inspecteur Hard interrogea les jardiniers, Dan et Markus.

— Veuillez prendre place Messieurs. Pourriez-vous me dire où vous étiez à l'heure du crime de Madame de Worcester ?

C'est Dan qui répondit :

— Nous étions partis du château depuis 21 heures. Nous y avions encore dîné dans la cuisine.

— Pour mon alibi, notre alibi, j'ai joué aux cartes avec Markus. Nous sommes allés au *GARDEN INN.* Nous sommes sortis du *GARDEN INN* aux environs de 23 heures. Je vous donne le numéro de téléphone. Ils peuvent confirmer. Nous y avons rencontré encore des amis.

— Que pouvez-vous me dire au sujet des époux Worcester, demanda Hard ? Combien de temps travaillez-vous au château ?

— Les derniers mois, c'était Madame de Worcester qui s'occupait de nous. C'était une femme gentille et humaine. Je enfin, nous ne comprenons pas qui aurait pu lui en vouloir à tel point pour la supprimer. Monsieur le Duc était occupé avec les architectes, les rénovations et n'avait plus le temps. Markus y travaille depuis 5 ans, moi-même depuis 7 ans.

— Est-ce que vous avez remarqué peut-être un détail ces derniers temps chez les Worcester qui vous a semblé étrange ?

— Non, Monsieur l'inspecteur, répondit Markus, moi je n'ai rien remarqué.

— Est-ce que vous confirmez les dires de votre ami ? demanda Hard, en s'adressant à Dan.

— Oui Monsieur l'inspecteur.

— Bon, c'est tout pour le moment. Néanmoins veuillez ne pas quitter le château, dans le cas où nous aurions encore des questions à vous poser. Merci ce sera tout pour aujourd'hui.

Les deux jardiniers s'éloignèrent.

Après avoir terminé les interrogatoires, les policiers dirent à la famille et au personnel de venir signer leur déposition au commissariat. Puis ils partirent du château. Dans leur voiture ils décidèrent d'aller rendre visite au notaire de Madame de Worcester. Ils l'avaient prévenu de leur visite. Smith et Flanagan mèneraient l'interrogatoire, tandis que Robin irait interroger Meredith et Bernhard Miller. Ceux-ci n'habitaient pas très loin du notaire. La secrétaire du notaire, Madame Susan Parker leur ouvrit la porte. C'était une femme très élégante d'une trentaine d'années. Le notaire James Farmer devait frôler la cinquantaine.

— Bonjour Messieurs. Est-ce que vous voulez un café ?

— Oui, avec plaisir, répondirent les enquêteurs. Smith regarda sa montre. Il était 17 heures.

— Madame Parker, pourrions-nous avoir un café s'il vous plaît ? Merci.

— Donc, fit Smith, en s'adressant au notaire, auriez-vous l'amabilité de nous révéler les conditions du testament de Madame La Duchesse de Worcester, s'il vous plaît ? Nous sommes en train d'enquêter sur son assassinat. Comme Madame Mary est décédée je suppose que vous ne voyez pas d'objection à ce que nous jetions un coup d'œil sur le document. Au fait quand allez-vous convoquer les bénéficiaires ?

— La semaine prochaine, lundi. Donc voilà le testament de Madame de Worcester.

— Nous vous remercions, répliqua Smith.

Farmer donna également une copie du testament à Flanagan.

— Ah, j'oubliais, dit-il. Madame Mary m'a téléphoné vendredi avant sa mort, pour changer son testament. Elle m'a dit qu'elle avait découvert quelque chose et qu'il fallait qu'elle agisse vite. Je lui avais donné RDV pour mardi de la semaine prochaine. Hélas je ne puis vous en dire plus. Elle est morte avant de me révéler quoi que ce soit. C'est fort dommage ! Mary avait légué une partie de sa fortune à son mari, le restant à ses enfants. De plus elle possédait un petit cottage en Ecosse qu'elle avait légué à ses enfants. Elle avait également pensé au personnel. Son beau-frère et sa femme héritaient également d'une petite somme d'argent.

Décidemment elle était généreuse et humaine. Il n'y avait rien d'anormal qui y figurait, pensa Smith, mais pourquoi voulait-elle changer certaines clauses ? Il fallait à tout prix le découvrir et ne négliger aucune piste. Qu'est-ce qu'elle avait découvert de si déconcertant? Ils étaient en train de se diriger vers la voiture quand le portable de Smith sonnait. C'était Benson.

— Allo, chef, nous avons de bonnes nouvelles au sujet du meurtre de Backer.

— Allez-y Benson !

— La sœur de Clyde, Patricia travaille à la *Farmer's Bank* C'est elle qui était la complice de Clyde. C'était la maîtresse de Backer. Interpol a réussi à interpeller Clyde. Il se trouvait à Athènes, en Grèce. Mais tenez-vous bien, Charles Backer, la victime, était un escroc. Il avait signé de faux contrats avec des sociétés d'investissement et voulait quitter le pays avec l'argent des ventes, sans Patricia. Mais elle a pris sa revanche avec l'aide de son frère Clyde. La financière est en train de perquisitionner à la *Farmer's Bank*. Pour notre meurtre, l'enquête est close. La banque a pu récupérer l'argent.

— Vous avez fait un excellent travail Dan et vous également Manuel. Je vous félicite.

— Et comment cela se passe t-il chez vous ? demanda Benson.

— Ce n'est pas aussi facile. Nous avons interrogé la famille, les amis, le personnel, le médecin de la famille. Nous devons étudier toutes les possibilités et toutes les raisons qui ont amené le meurtrier à tuer la Duchesse.

— D'accord, je comprends, je vous souhaite ainsi qu'à vos collègues bonne chance. J'espère que vous serez bientôt de nouveau au commissariat, vous nous manquez à Dan et à moi. Un mentor qui est très compétent, voilà !

— Merci pour le compliment. Smith raccrocha.

Robin avait interrogé Meredith et Bernhard pendant ce temps là. Ils étaient effondrés tous les deux.

— Inspecteur, fit Meredith, je vous assure que Mary allait parfaitement bien quand nous nous sommes quittées samedi soir. Elle était joyeuse. Non pas parce qu'elle avait bu, mais c'était sa nature. Elle ne buvait qu'un apéritif et puis c'était tout. Le poison ce n'est certainement pas au restaurant qu'elle l'a ingurgité, j'en suis convaincue. Je, enfin nous nous sommes demandés qui a pu lui en vouloir pour la tuer ? Elle n'était en aucun cas dépressive ou suicidaire, c'est la vérité, je vous l'assure. Mon mari et moi sommes terriblement attristés par sa mort.

— Et où étiez-vous, Monsieur Miller lors du meurtre de Madame la Duchesse ?

— J'avais participé à un dîner samedi dernier. Il y avait tous les juges de Londres, vous pouvez vérifier Monsieur l'inspecteur. Nous étions tous réunis au *DARTFORD INN*. J'y suis resté de 20 heures à minuit. Après le dîner nous avons joué au Bowling. Voici leur numéro de téléphone.

— Je vous remercie Messieurs Dames. Nous vous tiendrons au courant de l'enquête. Néanmoins veuillez ne pas vous éloigner de la ville et rester au service de la justice, s'exclama Hard.

Et il s'éloigna. Smith et Flanagan l'attendaient devant la voiture. Après une dure journée de labeur les deux policiers déposèrent Flanagan au commissariat et se rendirent à Londres. La circulation était très dense. Vers 19 heures les voilà arrivés devant le bâtiment de Scotland Yard. Ils entrèrent et firent le point. Smith sortit du bureau vers 19 h 30. Puis il appela sa femme.

— Béatrice, vous avez déjà dîné, toi et Abbigail ? Ah non, si vous voulez je prends un poulet et des pommes de terre rissolées chez le marchand d'en face ? Cela a l'air délicieux.

— Bien, répondit Béatrice, comme cela je ne fait pas à manger. À toute à l'heure, Arthur.

Après le dîner, Smith s'occupa de sa famille. Il était 20h30.

— Alors Abbi chérie, dis-moi comment était-ce à l'école aujourd'hui ?

— Oh papa, ce n'était pas cool le matin, nous avions anglais, français et maths. La professeur d'anglais nous a fait une interrogation surprise. Mais je pense que j'ai la moyenne. L'après-midi était un peu plus relaxe, musique et dessin. En musique nous avons étudié la biographie de Gershwin. Je dois dire que c'était intéressant. La semaine prochaine on va en apprendre un peu plus sur Glen Miller.

— Et chez toi Béatrice ?

— Nous avons eu trois nouveaux patients aujourd'hui, la journée était assez chargée à l'hôpital.

— Très bien, et si nous regardions encore un petit film avant de nous coucher ? Cela va nous changer les idées un peu, non? Il est 21 heures, et ce soir il y a un Hercule Poirot sur la BBC. Qu'en pensez-vous ?

— J'adore, fit Abbigail, et toi maman ?

— Moi aussi, j'aime beaucoup Poirot. Tous les trois s'assoyaient sur le canapé.

À la télé passait Meurtre dans L'Orient Express. Vers 22 h 30 les lumières s'éteignirent et la famille Smith se coucha. Le lendemain à 8 heures Smith et Hard se retrouvèrent dans les bureaux de Scotland Yard. Il salua Benson et Wilder et se rendit dans le bureau de Harper. Le pauvre avait mauvaise mine, mais il esquiva un sourire quand il aperçut Smith.

— Bonjour commandant Harper.

— Bonjour Smith, alors comment avance l'enquête ?

— Oh, Robin et moi-même avons interrogé la famille, le personnel, le notaire. Il faudra que l'on pousse les recherches un peu plus loin sur le poison qui a tué Madame Mary. On va faire une perquisition au château, dans l'espoir que le meurtrier y a laissé des traces.

— Bien, mais vous connaissez Marlow, il ne va pas nous lâcher !

Nous sommes déjà partis, commandant, et il sortit du bureau.

Il était 9 heures quand ils arrivèrent au commissariat de Dartford. Flanagan s'y trouvait déjà. Il était au téléphone. Quand il les vit il raccrocha.

— Alors Messieurs, comment ça va ?

— Nous serons plus heureux quand ce meurtre sera

enfin élucidé.

— Je suis d'accord avec vous, répondit Flanagan.

— Bon résumons-nous, rétorqua Smith. Mary a été empoisonnée après sa soirée avec son amie Meredith. Son amie Meredith reste formelle, le poison ne lui a pas été administré au restaurant. La perquisition et les analyses au restaurant n'ont rien donné. Quelqu'un a mis le poison dans sa boisson avant qu'elle ne s'endorme je suppose. Nous devrions aller réinterroger tout le personnel et la famille, et surtout prendre leurs empreintes.

— Très bien Alan, mais nous devrons également vérifier dans les poubelles du château, j'ai un pressentiment, rétorqua Smith. Peut-être allons-nous découvrir les poisons qui ont mis fin à la vie de Mary de Worcester ? L'assassin ou les assassins ont peut-être commis une erreur ? En passant, nous allons récupérer le mandat de perquisition chez le juge Keith Fallon, c'est plus sûr. Je ne pense pas qu'il refusera.

Les trois enquêteurs se dirigeaient donc vers *Kingstown*, Flanagan expliqua au juge Fallon leur soupçon au sujet du poison qui avait tué Mary de Worcester. Fallon connaissait très bien l'inspecteur Flanagan ainsi que Smith et Hard. C'était un homme d'une soixantaine d'années, presque chauve, très souriant et aimable. Il aimait fumer sa pipe. Il leur signa le mandat de perquisition sans hésiter. Après ce petit détour, les enquêteurs arrivèrent de nouveau à *Kingstown.* James le majordome leur ouvrit la porte, il ne semblait pas être spécialement étonné de les revoir à nouveau.

— Bonjour Monsieur, fit Flanagan. Voici un mandat de perquisition en bonne et due forme. Veuillez avertir Monsieur le Duc de notre présence. Merci.

— Mais que cherchez-vous exactement, est-ce que je puis vous être utile ? demanda James. Ah, j'aimerais tellement pouvoir faire quelque chose pour vous et pour Madame la Duchesse.

Franchement il n'était pas désagréable. Le pauvre homme voulait tout simplement que le meurtrier de Mary soit arrêté.

— Je vais de ce pas avertir Monsieur le Duc, veuillez rentrer s'il vous plait. Et James s'éloigna.

Après quelques minutes, le Duc de Worcester descendit. Marvin avait l'air très soucieux et ailleurs.

— Que se passe-t-il Messieurs ? Est-ce que vos soupçons portent sur un membre du personnel ou de la famille ? Pourquoi cette perquisition ?

— Monsieur le Duc, répondit Smith, nous avons des soupçons effectivement, et nous recherchons les preuves du meurtre de votre femme. Où sont les poubelles Monsieur le Duc?

— Mais que cherchez-vous dans les poubelles du château, Messieurs ?

Marvin était surpris.

— C'est insensé.

— L'arme du crime, si je puis m'exprimer ainsi, Monsieur le Duc.

— James, montrez à ces Messieurs les poubelles dans la cave. Vous avez de la chance, les éboueurs ne sont pas encore passés. J'espère que vous trouverez ce que vous cherchez. Qu'en en finisse une fois pour toutes ! Faites-moi signe quand vous aurez terminé. Je suis dans mon bureau.

Et le Duc s'éloigna. Cinq minutes plus tard ils se trouvèrent dans les caves du château.

James leur tendit des lampes torches. Les pauvres enquêteurs retournèrent des kilos de détritus. Mais cela en valait la peine, car quelque part se trouvait peut-être la preuve que l'assassin avait laissée. Soudain Smith s'écria :

— J'ai trouvé quelque chose. Venez-voir.

Et il sortit un tube de benzodiazépines de la poubelle. Chaque enquêteur portait des gants.

— Il faut continuer, s'écria Smith, car il nous manque encore le tube de strychnine.

— Arthur je l'ai trouvé, enfin la preuve que l'assassin a omis d'éloigner de la scène de crime, s'écria Hard, après dix minutes qui leur semblaient éternelles.

James était content qu'ils aient trouvé les preuves.

— Comme je suis heureux ! s'exclama-t-il.

— Nous allons faire analyser les empreintes des flacons et les comparer à celles des membres du personnel et de la famille. Pas de doute nous tenons l'arme du crime. Enfin les armes du crime. Mais j'espère que le meurtrier y a laissé ses empreintes, répondit Flanagan.

— James auriez-vous l'amabilité d'appeler tout le monde et Monsieur le Duc, s'il vous plaît.

— Nous allons prendre leurs empreintes dans le grand salon. Nous avons rapporté notre matériel.

— Certainement Monsieur l'inspecteur, dit-il avant de s'éloigner.

Cinq minutes plus tard, toute la famille et le personnel étaient réunis dans le grand salon. Elisabeth et Louise étaient au bord de la crise nerveuse. Elisabeth s'écria :

— On n'a rien fait, on n'a pas empoisonné Madame la Duchesse, on le jure. On l'aimait beaucoup. Nous avons juste préparé le thé et l'avons donné à Margareth pour qu'elle l'amène à Madame.

— Calmez-vous Madame, nous enquêtons et devons poser des questions, répondit Smith.

Quand ce fut le moment de prendre les empreintes de Margareth elle changea de couleur. Son visage était blanc et des grosses perles de transpirations ornaient son front.

— Je suis outrée Messieurs, vous ne pensez tout de même pas que j'ai mis du poison dans l'infusion de Madame la Duchesse, c'est insensé. Mais pour qu'elle raison aurais-je fait une chose pareille ?

— Madame, répondit Smith, nous ne doutons pas de votre sincérité, mais nous devons faire avancer l'enquête. Vous m'en voyez désolé. Je suis convaincu que nous allons prouver votre innocence.

Et il cligna de l'œil à Margareth.

— Avez-vous laissé l'infusion sans observation, rappelez-vous Madame ?

— Eh bien, oui juste une minute, le téléphone avait sonné. J'ai posé l'infusion sur la table du pallier pour une minute. J'ai descendu quelques marches pour prendre le combiné, mais finalement il n'y avait personne au bout du fil, et je suis donc remontée. Je n'ai vu personne, mais j'ai entendu un grincement de porte, ça y est cela me revient maintenant. Oh Mon Dieu si seulement...

Elle ne finit plus sa phrase. De grosses larmes coulaient sur ses joues.

— Je n'ai rien fait, je vous le jure, ce n'est pas moi.

Marvin ne broncha pas. Il était très calme. Après lui ce fut le tour de Ben et de Susie. Ben avait l'air nerveux et soucieux.

— Que se passe-t-il ? dit-il d'un ton excédé.

— Je vais prendre vos empreintes. Nous avons trouvé les armes du crime si je peux m'exprimer ainsi, répondit Flanagan.

— Quelles armes, je ne comprends plus rien ?

— Mais les deux flacons de poison que le ou la meurtrière a utilisés pour éliminer votre belle-sœur, Monsieur le Duc.

Ben ne dit plus rien et se rassit.

— Excusez-moi Messieurs, mais j'ai eu une journée épouvantable aujourd'hui. J'ai un de mes patients, un petit garçon de douze ans qui est mort d'une méningite.

Susie était plus calme. Elle laissa faire Robin, puis elle s'éloigna en disant :

— J'espère que cette enquête sera bientôt close, c'est horrible deux poisons, la pauvre Mary. Soudain les enfants de Mary entrèrent. Ils étaient très silencieux et laissaient faire Smith.

Puis ce fut le tour de Corinna et Lydia. Ces dernières étaient un peu énervées mais rien de bien méchant. Après cinq minutes c'était le tour de Cynthia, la secrétaire des Worcester. Elle prit place et laissa faire Robin. À la fin ce fut James qui dû se laisser prendre les empreintes par Flanagan. Les jardiniers étaient malheureusement absents. Smith les appela en leur disant qu'ils allaient prélever les empreintes l'après midi. Ils devaient se rendre au château vers 17 heures. Une fois toutes les empreintes prises, les enquêteurs partirent à Dartford. Le commissariat possédait un petit laboratoire où l'on pouvait faire l'analyse des différents échantillons. Effectivement il y avait des empreintes partielles sur les flacons. Cela allait être difficile d'en tirer des preuves irréfutables.

— Je pense, dit Smith, que nous allons tout ramener à Londres, Alan. Nous avons d'autres instruments plus performants.

— D'accord, rétorqua Flanagan.

— Il faudrait que la direction investisse un peu plus ici, mais bon vous savez comment va le monde. Tous les patrons veulent faires des économies.

Et nos deux policiers se rendirent au laboratoire de Scotland Yard à Londres.

— Alan, Robin et moi-même allons déjeuner en route. Nous serons de retour dès que possible. Et ils s'éloignèrent.

Après 30 minutes de route ils s'arrêtèrent devant un Mc Donald's.

— Alors Robin, que prends-tu ?

— Je vais prendre le menu chicken avec un Coca Zéro.

— Et vous Arthur ?

— Je vais prendre le Menu Pepper Burger et une eau minérale.

— Arthur, que penses-tu de l'enquête ? demanda Hard.

— C'est encore un peu tôt pour le dire, mais j'ai un drôle de pressentiment dans cette affaire, répondit Smith. Mary avait découvert quelque chose sur quelqu'un. Je crois que nous devrions appeler la brigade financière pour qu'elle jette un coup d'œil sur les comptes du Duc et de Madame Mary. C'est peut-être la raison pour laquelle l'ambiance était froide et chargée ?

Après avoir déjeuné, les enquêteurs s'apprêtaient à partir. Soudain le portable de Smith sonna.

— Allô Monsieur l'inspecteur, c'est le Majordome de

Kingstown, James. Je suis désolé de vous déranger à cette heure, mais j'ai quelque chose d'important à vous révéler. Je me suis permis d'appeler Scotland Yard et ils m'ont donné votre numéro.

— Écoutez James, nous sommes en route pour Londres pour faire les analyses approfondies des empreintes. Nous serons de retour dans deux ou trois heures au plus tard. Est-ce que cela peut attendre ou bien est-ce très urgent ?

— Oh inspecteur en chef vous n'allez pas me croire ce que j'ai découvert… ?

Soudain Smith entendit un cri et un bruit sourd. Son sang se glaça.

— James, James…

Quelqu'un avait raccroché le téléphone. Le pauvre homme n'avait plus le temps de répondre ! Aussitôt il appela Flanagan.

— Alan, nous sommes presqu'arrivés à Londres, pourrais-tu aller au château de Kingstown, j'avais à l'instant James, le majordome au téléphone. J'ai entendu un bruit sourd, puis plus rien. Je crains le pire. Il devait me voir de toute urgence. Il a peut-être été témoin de quelque chose ? Robin et moi devons faire analyser les empreintes. Nous serons de retour aussitôt que possible.

— D'accord, je vais prendre deux agents avec moi pour voir ce qui se passe. Je t'appelle dès les premières constatations.

Et il raccrocha.

Il était 13 heures et les deux enquêteurs arrivèrent au laboratoire de Scotland Yard. Ils furent accueillis par Wilder et Benson. Après quelques explications et mises au point, les deux enquêteurs se précipitèrent dans le laboratoire. Pendant qu'ils étaient en réunion avec Wilder et Benson, le portable de Smith sonna. C'était Flanagan.

— Allô Arthur, tu avais raison. James a été assassiné. Quelqu'un lui a enfoncé le crâne. Il gisait dans une mare de sang. Le pauvre. C'est Margareth qui a découvert le corps la première. Elle s'est évanouie. Nous allons l'interroger plus tard. Il a certainement vu quelque chose qu'il n'aurait pas dû voir. Le légiste est sur place. Nous sommes en train de sécuriser la scène de crime et nous relevons les empreintes. Nous cherchons l'arme du crime. J'espère que l'on va la trouver rapidement. Le meurtrier l'a peut-être caché dans la précipitation. Il n'a pas eu le temps de la sortir du château, enfin je l'espère.

— Oh mon Dieu, je m'en suis douté, s'écria Smith. Dès que nous avons les résultats des analyses nous allons revenir vers vous. Cela peux durer une heure ou deux, Alan, désolé.

— D'accord, nous vous attendrons au château. Et il raccrocha.

Décidément, pensa Smith, cette affaire est plus compliquée que prévue, mais nous allons y mettre du nôtre pour résoudre ces deux meurtres. Les analystes faisaient de leur mieux pour détecter les empreintes sur les flacons de benzodiazépines et de strychnine. Soudain Wilder rentra dans le bureau de Smith. Il était accompagné de Benson.

— Chef, excusez-nous de vous déranger, mais ça y'est, nous avons attrapé le chef de gang des cambrioleurs de Croydon. Il s'agit d'un certain Antony Barclay, 20 ans. Avec lui se trouvaient deux autres jeunes de 19 et 20 ans. Nous avons effectué un contrôle des maisons où les propriétaires étaient en vacances. Ils avaient signalé qu'ils allaient partir. Toutes les maisons ont des alarmes. On les a enfin attrapés. Barclay connaissait bien ces maisons, car il y avait travaillé comme jardinier.

— Vous vous rendez compte ? Quelle bande de voyous ! Cela fait deux ans que Barclay était fiché pour vol de voitures et petits délits divers. Son palmarès s'alourdit décidément. Les deux autres jeunes n'ont pas encore de casier judiciaire, tant mieux. Peut- être le jury va être un peu plus clément avec eux. Mais je ne pense pas qu'ils vont les innocenter. Je ne vous dis pas tout ce que nous avons trouvé chez Barclay dans la cave. Une vraie caverne d'Ali Baba. Il y avait des ordinateurs, des portables, des bijoux, des tableaux, de l'argent liquide, des cartes de crédit. Mais on a également trouvé 5 kilos de cannabbis. Barclay va en avoir pour quelques années je suppose.

— Excellent Messieurs, encore une enquête de résolue !

Puis Hard et Smith passèrent dans le grand bureau. Robin alla chercher un plateau avec du café de la cantine pour lui et ses collègues. Soudain le portable de Smith sonna. C'était le procureur Marlow. Le cœur de Smith battait de plus en plus vite.

— Allô mon cher inspecteur en chef, je vous félicite pour votre promotion. Harper m'a informé. Dites-moi, Smith, où en est l'enquête au sujet de Kingstown ? Apparemment il y a une deuxième victime ? Nom d'un chien, la presse va nous harceler de nouveau. Et le ministre, je ne veux pas y penser !

— Monsieur le Procureur, je suis en train d'attendre les résultats des analyses des flacons de médicaments et de poison pour voir si on y trouve des empreintes. L'enquête suit son court.

— Faites-vite, tout le monde s'agite autour de moi.

— J'ai, enfin, nous avons tout de même aussi une bonne nouvelle à vous apprendre, Monsieur le Procureur, rétorqua Smith.

— Dites-toujours.

— Mes hommes ont attrapé la bande de voyous au sujet des vols sur Croydon.

— Super mes félicitations à toute l'équipe. Une épine de moins dans mon pied, ahaha

— Tenez-moi au courant Smith. Et il raccrocha.

— Je vais aller voir au Laboratoire s'ils ont trouvé quelque chose.

Décidément la patience n'a jamais été son fort ! pensa Smith

Hélas, les tests n'étaient toujours pas terminés.

Hard et Smith attendaient patiemment dans leur bureau. Hard alla chercher du café. Les policiers pendant ce temps là, travaillaient sur la déposition des témoins. Au bout de deux heures, le résultat était bien là noir sur blanc. Il était 17 heures. Les empreintes étaient celles de Cynthia la secrétaire des Worcester. Les enquêteurs restèrent pétrifiés sur place. Ils ne s'attendaient pas à cette découverte.

— Mais pour qu'elle raison ? pensa Smith tout haut.

— Moi, non plus je ne comprends pas, rétorqua Hard, mais bon elle avait certainement une raison !

— Et pourquoi James ? Qu'est-ce qu'il avait découvert sur elle ?

— C'est peut être une question d'argent, un détournement, un investissement frauduleux. Tu sais Robin, elle est expert- comptable. Elle a pu manipuler les comptes. Enfin c'est une supposition, mais nous n'avons pas de preuves.

— Et puis, est-ce qu'elle a agi seule ? ajouta Robin.

— Si jamais mes soupçons sont exacts, il nous faudra l'aide de la brigade financière. Qu'en penses-tu, Robin ?

— Oui Arthur.

— Je pense que je vais contacter le juge d'instruction Fallon. Nous verrons par la suite, dit Smith.

— Je ne comprends pas, qui a pu lui délivrer l'ordonnance pour le poison et les benzodiazépines, rétorqua Robin. Et si ce docteur Marconi était son complice ?

— J'ai ma petite idée là dessus, rétorqua Smith.

— Nous allons interroger à nouveau le frère du Duc, il est médecin, il pourra nous aider, répondit Smith.

— Mais d'abord, je vais contacter Allan Flanagan. Il sera ravi je pense.

— Allô Allan, bonnes nouvelles. La coupable est Cynthia Burroughs, la secrétaire.

— Super, bon travail, vous avez découvert ses empreintes sur les flacons ?

— Oui, répondit Smith. Je m'occupe également du mandat, je vais appeler le juge Fallon. Nous prenons le mandat au passage, puis nous arrivons. Faites-en sorte de boucler le château, que personne ne sorte jusqu'à ce que l'on soit là. J'ai un pressentiment que Cynthia n'a pas agi seule. D'accord Arthur, ce sera fait. Je mets mes hommes en place. J'ai deux agents qui vont arriver pour le renfort.

— Alan, est-ce que vous avez trouvé l'arme qui a servi à assassiner le majordome ?

— Non, hélas pas encore, mais mes hommes sont en train de fouiller le château. À toute à l'heure, Arthur.

Smith composa le numéro du juge Fallon.

— Bonjour, Monsieur, Smith à l'appareil. Monsieur le juge nous aurions besoin d'un second mandat de perquisition concernant les comptes des Worcester. Nous allons également contacter la brigade financière.

— Bonjour inspecteur, avez-vous découvert des preuves au sujet des deux meurtres ?

— Oui, les empreintes que l'on a relevées sur les flacons sont celles de Cynthia Burroughs, la secrétaire comptable des Worcester. C'est pour le premier meurtre. Pour le second, l'inspecteur Flanagan et ses hommes sont en train de perquisitionner le château pour retrouver l'arme du crime.

— Très bien je vous prépare le mandat, passez de suite à mon bureau, j'y suis encore.

Une heure plus tard les policiers arrivèrent au château de *Kingstown*. Il était 18 h 30. Marvin était impatient, il se rua sur les policiers.

— Mais qu'est ce que cela signifie ? Plus personne ne peux rentrer et sortir. Je me plaindrais en haut lieu sur vos manières d'agir, Messieurs. Tout le monde est bloqué au château. Ce n'est plus tenable !

— À votre place, je serais heureux de savoir que nous avons trouvé la coupable qui a assassiné votre femme Monsieur le Duc. Il est inutile de nous agresser, c'est pour le besoin de l'enquête. Vous pouvez vous plaindre où vous voudrez !

Marvin soudain, changea de ton.

— Veuillez m'excuser, mais toute cette attente m'est insupportable. Depuis la mort de Mary, je n'ai plus fermé l'oeil. Vous avez dit la coupable, c'est affreux. Qui est-ce ?

— Monsieur le Duc, j'aimerais que vous appeliez Cynthia votre secrétaire-comptable ainsi que votre frère s'il vous plaît. Nous devons les interroger à nouveau !

— Très bien Messieurs. Je vous prie de nous attendre dans le grand salon.

Tout le personnel et la famille étaient rassemblés dans le Hall d'entrée du château. Les deux jardiniers s'écriaient :

— Et nos empreintes ?

— Nous n'en avons plus besoin pour le moment, merci, répondit Smith.

— Tout le monde doit attendre ici, s'écria Smith, jusqu'à ce que nous ayons terminé l'enquête. Merci Mesdames et Messieurs.

La brigade financière commença à arriver. Le Duc leur montra les livres de comptes.

— Madame Burroughs, Monsieur Ben de Worcester, veuillez nous accompagner au salon, je vous prie. Madame Cynthia Burroughs, dit Smith, nous avons trouvé vos empreintes sur les flacons de strychnine et de benzodiazépine. Nous vous arrêtons pour le meurtre de Madame la Duchesse de Worcester.

— Vous pouvez garder le silence, mais tout ce que vous direz pourra être retenu contre vous.

Cynthia était blanche.

— Madame Burroughs, dites-nous pourquoi vous avez tué la Duchesse ? Aviez-vous manipulé les comptes ? demanda Flanagan.

— Vous n'avez aucune preuve, rétorqua-t-elle.

— Ne soyez pas stupide Madame, je vous conseille de collaborer avec nous, s'écria Flanagan. La brigade financière est entrain d'éplucher les comptes des Worcester, et je vous assure qu'ils vont trouver quelque chose. Et nos analystes vont découvrir que les molécules des médicaments et poison que nous avons retrouvés dans les poubelles et de ceux que vous avez utilisés pour supprimer Madame la Duchesse, sont identiques. Vous ne trompez jamais la science et la recherche. Sachez Madame, qu'il n'y a pas de meurtre parfait. L'assassin commet toujours des fautes ou presque toujours. Dans la précipitation vous avez jeté les flacons dans les grandes poubelles à la cave.

— Veuillez répondre, Madame, rétorqua Smith. Je vous conseille vivement de collaborer avec nous, cela pourrait vous être bénéfique lors du procès.

— Je n'ai rien de plus à vous dire, fit Cynthia. Je veux parler à mon avocate.

— Très bien, comme vous voudrez Madame, mais sachez que le piège est en train de se refermer sur vous, écoutez mon conseil.

— Même si mes empreintes sont sur les flacons, cela ne constitue pas une preuve que j'ai supprimé Mary.

— Mais Madame Burroughs, vous aviez un mobile de taille, s'écria Smith.

Après quinze minutes, l'avocate de la famille rentra. Les enquêteurs les laissèrent seul. Une dizaine de minutes plus tard, Cynthia sortit de son silence.

— Eh bien, oui, j'ai assassiné Madame la Duchesse. Elle avait découvert la manipulation des comptes. Elle voulait faire changer son testament. Monsieur le Duc me faisait entière confiance. Elle Non. Mais je n'ai pas envie d'être accusée du meurtre de James, je ne l'ai pas tué, je le jure. C'était un chic type. Je l'aimais beaucoup. Ben l'a supprimé.

Ben rougit de colère.

— Espèce de sale manipulatrice, cria-t-il. Traînée !

— Venons-en à vous Monsieur le Duc ! Vous vous étiez entiché de Cynthia, une très belle femme, je l'avoue ! Peut-être votre ménage battait de l'aile à ce moment ? Elle vous a convaincu de son acte. Vous lui avez fourni l'ordonnance, ne niez pas, nous savons déjà. Vous aviez dérobé, lors d'une visite du Docteur Marconi au château, une feuille de son ordonnancier. Les ordonnances sont numérotées. Vous avez imité sa signature ! Le pharmacien de la pharmacie OLIVER est formel. Et le test de graphologie que nous venons de faire passer à Marconi, confirme mes dires et celui du pharmacien. Marconi est innocent. Et puis vous êtes un accroc au Casino. Nous avons également enquêté sur vous, eh oui. L'argent que Cynthia avait détourné des comptes des Worcester était le bienvenu n'est-ce pas ? Vous êtes criblé de dettes. C'est un mobile de taille ! Nos agents ont en outre enquêté dans la pharmacie OLIVER. Et ils ont décrit Cynthia comme cliente en ce qui concerne les benzodiazépines et la strychnine. C'est vous qui avez ouvert les veines à Mary de Worcester votre belle-sœur. Vous deux n'aviez décidément aucun scrupule ! Le pauvre James avait entendu une conversation entre vous et Cynthia, je présume. Vous l'avez surpris en téléphonant. Dans la précipitation vous avez pris le premier objet qui vous est venu sous la main et vous l'avez assassiné froidement. N'ai-je pas raison Monsieur Ben de Worcester ?

— Mais une ordonnance médicale n'est pas une preuve pour commettre un meurtre, rétorqua Ben.

Soudain un agent de police amena le chandelier qui était recouvert de sang. Il souffla quelques mots à l'oreille de Flanagan. Ben changea de couleur.

— Non bien sûr, cette ordonnance n'est pas l'arme du crime, mais le chandelier avec lequel vous avez fracassé le crâne de ce pauvre malheureux. Nous venons de retrouver vos empreintes dessus.

— Mais je peux l'avoir touché avant le crime ?

— Malheureusement, Margareth vous a vu emporter le chandelier. Elle vient de faire sa déposition, l'agent Rogers m'en a informé à l'instant. Elle n'a rien dit avant notre venue, car elle craignait pour sa vie.

— Bon les preuves sont contre moi. Oui, j'ai coupé les veines à Mary quand elle était endormie. Cynthia avait empoisonné son infusion. Ma femme dormait, elle ne m'a pas entendu quitter notre lit. Mais je ne dirais rien de plus jusqu'à la présence de mon avocat.

— Très bien, fit Flanagan, nous vous arrêtons tous les deux pour les meurtres de Madame Mary de Worcester et de James Callaghan, son majordome. Le pauvre, il aurait tout fait pour Madame la Duchesse.

— Embarquez-moi ces deux personnages, fit Flanagan.

— Voulez-vous que j'appelle le procureur ? demanda Smith.

— Oui, Arthur c'est une bonne idée, je vais être occupé avec le rapport.

— On se voit demain matin au commissariat, rétorqua Smith.

Et Smith appela le procureur qui laissa éclater sa joie au téléphone.

— Inspecteur Smith, fit Marvin, je vous remercie infiniment pour votre aide. Heureusement qu'il me reste encore ma belle-sœur. Elle me sera d'un grand secours dans ces moments pénibles. Je veillerais sur elle, la pauvre elle doit être également sous le choc.

Il était 20 h 30 quand Smith arriva à la maison. Sa famille l'attendit. Abbigail se rua sur lui en l'embrassant. Les époux s'enlacèrent.

— Alors Arthur, fit Béatrice, vous avez clôturé l'enquête ?

— Oui nous avons arrêté les meurtriers, c'est très bien, je

suis content de ma journée.

— Et vous mes chéries, comment s'est déroulé votre journée ?

— Oh papa, ne crie pas, j'ai eu un zéro en math, je n'avais rien compris.

— Ne t'inquiète pas Abbigail, nous allons réviser samedi.

— Et toi à l'hôpital, comment c'est passé ta journée ?

— Mais ça va, nous avons eu deux nouveaux patients, il y a avait du boulot. Mais je suis satisfaite de ma journée.

— Au fait je vais rentrer plus tard vendredi soir. Robin et moi avons invité les collègues boire un verre pour notre promotion.

— Veux-tu que je vienne te chercher en voiture, Monsieur l'inspecteur en chef ?

— Hum, oui, je pense que ce serait une bonne idée. Je t'appellerais. Et ils éclatèrent de rire.

Le lendemain Smith et Hard arrivèrent au commissariat de police. Ils allèrent voir de suite le commandant Harper. Il les félicita. Benson et Wilder étaient à leur poste. Ils les félicitèrent également.

— Nous devons partir, Robin et moi à Dartford pour régler les derniers détails de l'enquête, fit Smith. Nous serons de retour dans l'après-midi.

— À cet après-midi répondirent Wilder et Benson.

Et c'est ainsi que se termina cette enquête sur le meurtre d'une femme d'honneur et de son majordome qui lui avait été fidèle jusqu'à la mort. Que ne ferait-on pour de l'argent ?

MYSTÈRE À L'HÔPITAL PSYCHIATRIQUE *BLACK OWL*

Il était huit heures du matin un lundi du mois de septembre. Smith et Hard entrèrent dans les bureaux de Scotland Yard. La grisaille était hélas de saison. C'était le début de l'automne !

— Bonjour Robin, as-tu passé un bon week-end ? demanda Smith

— Oui, je suis allé voir un match de polo hier !

— Et toi et ta famille ? Qu'avez-vous fait ?

—Nous sommes allés voir une pièce de théâtre. Abbigail et sa classe ont donné ont donné une représentation samedi. Et hier nous nous sommes reposés et avons visionné un vieux film de James Bond 07. Tu sais que j'adore Sean Connery !

Soudain le téléphone de Smith sonna.

— Bonjour, je suis bien chez l'Inspecteur en Chef Arthur Smith ? fit une voix irritée.

— Oui, c'est bien moi !

— Je suis James Miller de l'Hôpital Psychiatrique *Black Owl.* Mon personnel soignant a retrouvé un de nos malades, Robert Murray pendu dans les douches. Mon Dieu c'est affreux, venez vite !

— Nous arrivons tout de suite, Monsieur Miller. Ne touchez à rien, c'est une scène de crime ! Nous allons avertir la police scientifique et Madame la Procureure. Nous serons là dans une dizaine de minutes environ.

Les enquêteurs étaient sur place un quart d'heure plus tard. Miller les attendait sur le pas de la porte. Une atmosphère lourde se dégageait de cet endroit. La façade était peinte en bleu ciel, mais elle datait certainement des années quatre - vingt -dix. A beaucoup d'endroits elle était inexistante ou écaillée. Par contre le jardin était bien entretenu. Deux jardiniers étaient en train de couper le gazon. De belles roses jaunes et rouges étaient plantées au milieu de l'allée. Quelques abeilles bourdonnaient autour d'elles.

— Bonjour Messieurs, je suis James Miller, le directeur de l'Hôpital. Merci d'être venu aussi rapidement. Veuillez me suivre, je vais vous conduire jusqu'aux douches.

— Voici l'Inspecteur Robin Hard, je suis l'Inspecteur en Chef Arthur Smith. Bonjour Monsieur Miller !

James Miller, était âgé d'une quarantaine d'années. Quelques cheveux gris parsemaient une chevelure brune épaisse. Il portait des lunettes noires. Les enquêteurs se retournèrent. Derrière eux le bruit de la sirène d'une voiture policière se fit entendre. Martha Butcher, la médecin légiste, Sonia Ryan et Maggy Richards de la police scientifique descendirent rapidement.

— Bonjour Mesdames, j'espère que vous avez passé un bon week-end toutes les trois ?

— Bonjour Arthur, répondit Butcher. Oui ça va, c'était reposant. Où se trouve la victime ?

— Veuillez me suivre, rétorqua un Miller sous le choc.

Dans les douches se trouvait une pauvre créature pendue à un robinet. De beaux yeux bleus reflétaient l'horreur vécue. Smith les lui ferma. Il avait la gorge serré. Sonia et Maggy prirent des photos de la victime et de la scène de crime. Robert Murray devait avoir une trentaine d'années. Elles passèrent les douches au peigne fin et relevèrent les différentes empreintes laissées par les autres malades et peut-être par l'assassin. Puis elles s'affairèrent dans la chambre de Murray. Après deux heures, Martha appela Smith et Hard.

— A première vue, la victime, d'après la rigidité cadavérique, est morte aux environs de minuit. Il n'y a pas eu de trace de lutte. Murray devait connaître son assassin ou son état ne lui permettait plus de lutter. Il ne s'est pas suicidé. Je pense qu'il a été empoisonné. C'est un crime maquillé en suicide. Mais j'ai découvert encore autre chose qui me choque ! L'autopsie devra le confirmer cependant. La victime a subie une lobotomie. Regardez ici près des yeux, cette cicatrice !

— C'est quoi une lobotomie, expliquez-nous Martha ? s'écria Smith.

— La lobotomie fut pratiquée en psychochirurgie dans le but d'interrompre certains circuits neuronaux pour traiter les maladies mentales, la schizophrénie, l'épilepsie et même les maux de tête chroniques, avant de décliner dans les années 1950 avec l'avènement des premiers neuroleptiques. Elle est aujourd'hui considérée comme une pratique barbare et extrêmement dangereuse, et on lui préfère systématiquement un traitement médicamenteux. Elle est employée uniquement dans des cas extrêmes, comme pour le trouble obsessionnel compulsif par exemple, pour lequel aucun traitement médical médicamenteux n'existe. Faute de preuves concernant son efficacité, on ne l'utilise plus pour traiter la schizophrénie. La lobotomie est cependant toujours pratiquée de façon légale dans certains pays, elle est notamment effectuée sous contrôle dans certains états des États-Unis, en Finlande, en Suède, au Royaume-Uni (à Cardiff et à Dundee), en Espagne, en Inde et en Belgique.

— Arthur, je vous remettrai mon rapport au plus vite !

Puis Martha et la police scientifique quittèrent les lieux. Le corbillard venait juste d'enlever le corps de Murray pour le transférer à l'institut médico-légal.

— C'est grotesque, s'écria Miller ! Ce n'est pas possible ! Je vous certifie que quelqu'un l'a fait à mon insu. Je jure sur la tête de ma femme, Bridget, que je n'en savais rien. Vous ne trouverez aucun accord signé de ma part dans notre administration. Et voilà, quelqu'un a terni la renommée de notre établissement. Et moi, je devrais démissionner. Je devrais assumer les agissements d'un pervers. J'ai toujours contesté la lobotomie ! Elle n'est pas pratiquée ici ! Je vous l'assure.

Miller avait changé de couleur. Il tremblait.

— Monsieur Miller, calmez-vous, l'enquête débute seulement. Si jamais vous dites la vérité, nous découvrirons celui qui a agi à votre insu. C'est peut-être quelqu'un d'externe à l'établissement ? Ou bien la lobotomie n'a aucun lien avec le meurtre. La victime a été prise peut-être comme cobaye dans la recherche médicale ? Et si Murray était témoin de quelque chose qu'il n'aurait pas dû voir ? Plusieurs pistes s'ouvrent à nous. On n'en sait rien pour le moment ! rétorqua Smith. Mais ce serait mieux de continuer notre conversation dans votre bureau Monsieur Miller !

— Bien sûr, suivez-moi s'il vous plaît !

— Dites-nous Monsieur Miller, avez-vous des ennemis parmi le personnel et le corps médical ? Certaines personnes pourraient vous en vouloir ? demanda Smith.

— Oh vous savez, c'est comme dans chaque métier ! Il y a des gens qui vous aiment, d'autres sont jaloux et envieux. Il y a des concurrents qui contestent vos méthodes. Mais pourquoi, c'est quoi le rapport avec le meurtre de Murray ? Pourquoi s'en prendre à lui ?

— C'est ce que nous devrons découvrir Monsieur Miller. Revenons à la victime.

— De quelle pathologie souffrait-t-elle ? Je sais que vous êtes tenu par le secret médical, mais nous devons élucider un meurtre. Nous avons averti Madame la Procureure, Amanda King, de notre présence en votre établissement. Le mandat de perquisition suivra. Désolé, c'est la procédure !

— Je comprends, j'espère que vous trouverez ce que vous cherchez.

— Murray était anxio - dépressif chronique, enchaîna Miller. Il avait également des troubles du comportement. C'était un gars très gentil, mais dès que quelque chose le tracassait il était agité et irrité. Il n'a jamais fait de mal à quelqu'un ici, mais il pouvait exploser verbalement quand il se sentait dépassé par les évènements. C'était un grand nerveux.

— Dans sa vie professionnelle il était comptable chez *MEDI & Cie.*, le grand laboratoire de recherches à Londres.

Raymond Green, notre psychiatre l'avait mis sous *SEROPLEX 10 mg* pour la dépression et *ATARAX 25 mg* pour les angoisses, à raison de 1 cachet par jour pour le SEROPLEX et 2 cachets par jour pour le second. Et le traitement avait l'air de bien fonctionner ! Il commençait à aller mieux. Il était là depuis 2 mois. Il pouvait circuler librement, aller au réfectoire, à la bibliothèque, faire une promenade, aucun souci. Vous savez ce n'était pas un cas irréversible. D'ailleurs il aurait pu partir sous peu. Il faisait des progrès. Il participait activement à la thérapie de groupe. Il voulait retourner à son travail, m'avait-t-il confié. Il avait un dossier important à terminer m'avait-t-il dit. Je me demande pourquoi on l'a assassiné ? Je ne comprends pas. Et cette lobotomie, cela n'a pas de sens !"

— Est-ce qu'il avait de la famille, Monsieur Miller ?

— Oui, une sœur Mandy. Elle venait le voir régulièrement depuis son admission. Je vais vous noter son numéro de téléphone et son adresse.

— Bien, vous pourriez me faire une liste de votre personnel et des patients qu'il fréquentait ici, Monsieur Miller, est-ce possible ? demanda Smith. Nous devrons mener des interrogatoires et prendre les empreintes des malades qui se trouvaient dans les douches, je suis désolé. Si ce sont des malades qui présentent des troubles gérables, je pense qu'un de vos psychiatres pourra nous assister lors des interrogatoires, ceci pour les rassurer.

— Oui, c'est faisable, pas de souci. C'est la douche commune des malades qui ne présentent pas de pathologie irréversible, mais s'il vous plaît, ne les effrayez pas trop, ils ne fonctionnent pas comme vous et moi. Je passerais chez Scotland Yard dans l'après-midi.

— Merci Monsieur Miller, ne vous inquiétez pas. Venez vers 14 heures, nous serons présents. Vous nous donnerez quelques explications sur les malades et sur le corps médical. Ce sera tout pour le moment. A cet après-midi, au-revoir !

— A toute à l'heure, Messieurs.

— Alors Arthur qu'en penses-tu ? demanda Robin

— C'est une drôle d'histoire ! Qui avait intérêt à faire disparaître Murray ? Pourquoi cette lobotomie ? Est-ce qu'il avait découvert quelque chose ? Mais pourquoi l'avoir empoisonné, si c'est bien cela que Martha va nous confirmer ? Je ne comprends pas. A nous de le découvrir !

— Nous irons tout d'abord voir sa sœur. Je vais l'appeler pour lui annoncer notre venue.

— Allô, Madame Murray ? Bonjour, ici l'Inspecteur en Chef, Arthur Smith de Scotland Yard. Pourrions-nous passer vous voir. C'est urgent.

— Bonjour, Monsieur l'Inspecteur, mais que me veut la police ?

— Il serait préférable que l'on se voie tout de suite, je ne peux rien vous dire par téléphone, désolé. Pourriez-vous nous recevoir chez vous ? Merci.

— Je suis à mon travail, à l'Imprimerie Webster. Mon adresse est au 26, Garden Street. J'y serai dans dix minutes.

Un quart d'heure plus tard, les enquêteurs se trouvèrent à l'adresse indiquée. A cette heure de la journée, le trafic était moins dense. Big Ben sonna onze heures.

— Bonjour Madame Murray. C'est moi qui vous ai appelé !

— Oui, mais de quoi s'agit-il ? Pour que Scotland Yard se déplace jusqu'ici, cela doit être important et grave !

— Nous avons une triste nouvelle à vous annoncer. Désolé Madame. Votre frère, Robert Murray a été retrouvé mort dans les douches de l'Hôpital Psychiatrique *Black Owl* ce matin. D'après les premières analyses c'est un meurtre maquillé en suicide. Son corps est à l'institut médico-légal. Dès que l'autopsie sera terminée vous pourrez vous y rendre. L'Inspecteur Hard et moi-même, nous vous présentons nos sincères condoléances, dit Smith

— Mon Dieu, mais quelle horreur, qui a fait cela ? C'est grotesque, s'écria Mandy.

De grosses larmes coulaient le long de ses joues. Elle

éclata en sanglots. Hard s'approcha d'elle et essaya de la réconforter.

— Le moment est peut-être mal choisi Madame Murray, mais pourrions-nous rentrer, nous aurions quelques questions à vous poser, dit Smith.

— Je vous en prie, Messieurs.

Mandy les introduisit dans le salon. C'était une jeune femme d'une vingtaine d'années. Elle avait les cheveux roux. Elle portait un jean et une chemise à carreaux bleu et blanc.

— Est-ce que je peux vous servir un thé ? Je viens juste de m'en faire un.

— Oui, merci Madame.

— Madame Murray, est-ce que vous pensez que votre frère avait des ennemis ? Est-ce que quelqu'un lui en voulait particulièrement ? demanda Smith.

— Mon frère était un gars sympathique et avenant. Il avait beaucoup d'empathie pour ses semblables. Naturellement quand il avait ses "mauvais jours" il n'était pas à prendre avec des pincettes. C'était un grand nerveux ; je pense que cela venait de sa pathologie. Il n'a jamais agressé quelqu'un.

"Il m'avait prié, en rentrant au *BLACK OWL* de l'accompagner à son premier rendez-vous avec le Docteur Green. Ce dernier nous a bien expliqué sa maladie. Après deux semaines je trouvais que mon frère allait mieux, grâce à son nouveau traitement. Il aimait également la thérapie de groupe. Il avait hâte d'aller retravailler. Le docteur Green n'a cependant pas donné son feu vert, mon frère était épuisé physiquement et psychiquement. Il avait presté de nombreuses heures supplémentaires. Mais je ne vois pas qui pourrait lui en vouloir à ce point ! Il ne parlait pas beaucoup de son travail, ni de ses dossiers en cours, ni de ses amis. Non je ne vois pas."

— Malheureusement il y a encore autre chose qui n'est pas très clair, Madame Murray ! Votre frère a subi une lobotomie.

— Mais c'est quoi ?

Mandy était devenue livide.

— Pour faire simple, c'est une intervention chirurgicale au niveau du cerveau pour modifier le comportement de certains malades qui souffrent de schizophrénie ou de paranoïa ou des deux maladies associées. La lobotomie a pratiquement disparue depuis des décennies. De nos jours les malades sont traités avec des médicaments adaptés. Apparemment le directeur du *BLACK OWL* n'était pas au courant de cette pratique barbare. Nous menons une enquête parallèle à ce sujet.

— Mon Dieu, quelqu'un l'a pris comme cobaye alors ! C'est insensé et inhumain. Il ne m'en avait pas parlé, je vous l'assure.

— Nous comprenons ce que vous ressentez Madame Murray.

— Nous allons faire tout notre possible pour retrouver son assassin.

— Retrouvez-vite celui ou celle qui a fait cela. Je suis seule maintenant, nos parents sont morts il y a dix ans.

— Merci Madame Murray, dès que l'autopsie sera terminée vous pourrez disposer du corps de votre frère. Si vous le souhaitez, nous pourrons vous aider dans les démarches administratives. Nous disposons du personnel adéquat pour cela.

— Merci Messieurs. C'est très aimable.

— Au revoir Madame Murray, nous vous tiendrons au courant de l'avancement de l'enquête.

Midi sonna.

— Où veux-tu que l'on aille déjeuner ? demanda Smith.

— On n'est pas très loin du FISHERS. On peut manger des fish and chips. Qu'en dis-tu Arthur ?

— Hum, oui d'accord Robin. Allons-y.

Le *Fishers* était situé à cinq minutes à pied. C'était une taverne typiquement anglaise qui servait de petits encas à midi. Derrière le comptoir il y avait bon nombre de bouteilles de bière, bourbon, whisky et sherry. De vieux lustres d'ancres marines décoraient le plafond.

Smith et Hard commandèrent des *fish and chips* et

une bouteille d'eau pétillante.

— Alors Arthur, que penses-tu de cette affaire ? demanda Hard.

— Tout d'abord, il y a deux délits : la lobotomie et l'empoisonnement qui ont été appliqués. Mais pourquoi Murray a t- il accepté, il commençait à aller mieux. Etait-ce de son plein gré ? En tout cas, Miller n'était pas au courant. Il prétend ne pas avoir signé d'autorisation. Ce ne peut être qu'un médecin spécialisé dans ce domaine ;et puis pour quel motif l'a-t-on empoisonné ? Il n'y a pas de crime parfait, Robin. Quand nous aurons terminé de déjeuner, on ira récupérer la liste que Miller nous apportera. Puis nous irons sur le lieu de travail de la victime. J'espère que Martha aura terminé l'autopsie demain matin. Ainsi nous saurons de quel poison il s'agit.

— D'accord Arthur, bon appétit !

Il commençait à pleuvoir dehors. Vers 13 h 30, les enquêteurs étaient de retour au bureau. A peine avaient-ils enlevé leur manteau que le portable de Smith sonna. C'était Madame la Procureure, Amanda King.

— Bonjour Arthur. Comment allez-vous ? Vous avez une sale affaire à résoudre. Je viens de parler au juge d'instruction, Philip Mortimer. Vous pouvez venir chercher la perquisition pour l'hôpital psychiatrique, je viens de la signer. Quelles sont vos premières impressions ?

— Bonjour Madame la Procureure. Le ou la meurtrière a maquillé le crime en suicide. Martha Butcher et son équipe ont débuté l'autopsie. La victime a apparemment été empoisonnée. Mais en plus, ce qui est choquant, c'est qu'elle a subie une lobotomie nous devons découvrir si elle est liée au meurtre ou non. Nous supposons que Murray a été pris comme cobaye dans la recherche médicale.

« Mais pour quelle raison a t-il donné son accord ? Et l'a t-il donné ? Le directeur nous a assuré que ces pratiques dépassées et inhumaines ne faisaient pas partie de la déontologie et de l'éthique de l'hôpital. On va analyser les empreintes laissées dans les douches. Ensuite nous irons interroger les collèges de travail du défunt, et les malades de son entourage. Le directeur de l'établissement nous a transmis une liste de noms. Nous procèderons par élimination comme d'habitude. »

— Dîtes-donc, cela ne va pas être simple ni de tout repos, mais connaissant vos compétences et vos renommées respectives, je vous fais entièrement confiance. Je me souviens très bien du Meurtre dans le Dorset et de celui du Château de Kingstown. Vous savez, entre collègues on se parle ! Les enquêtes avaient été très bien menées. Tenez-moi au courant, car vous n'ignorez certainement pas que le Ministre de la Santé exerce beaucoup de pression sur moi !

— Je n'en doute pas un seul instant. Merci pour votre confiance Madame la Procureure. Robin va venir chercher la perquisition. Nous vous tiendrons au courant. Au revoir !

— Au revoir Arthur, passez le bonjour à Robin.

— J'ai compris Arthur, je passe chez Madame la Procureure pour la perquisition.

Soudain on entendit frapper à la porte. C'était James Miller qui tenait dans sa main une enveloppe contenant la liste des malades qui avaient connu la victime. Elle contenait également le nom de deux infirmières et d'un infirmier en chef.

— Est-ce que vous voulez un café, demanda Smith ?

— Non merci, j'aimerais tellement que cette histoire ne s'ébruite pas. Jamais, depuis que j'ai repris la direction en 2010, il ne s'était passé de telles choses ici.

— Monsieur Miller, nous ferons ce qui est en notre pouvoir pour tenir les journalistes le plus possible à l'écart. Mais vous savez nous ne garantissons rien. Avez-vous la liste que je vous ai demandée ?

— Oui la voici.

— Pouvez-vous nous donner quelques explications sur

les personnes concernées, s'il vous plaît ?

— Oui bien sûr. Voici donc la liste des malades que fréquentait Robert Murray. Ces personnes ont toutes assisté à diverses séances de travail sur soi avec Murray :

"♠ Dita van Laeken. Elle est d'origine néerlandaise. Son mari est anglais. Elle souffre d'amnésie partielle due à ses dépressions chroniques. Nous lui avons prescrit un traitement adéquat qui va lui permettre de rejoindre bientôt le monde externe. Elle est écrivaine. Elle a fait des progrès depuis qu'elle est chez nous.

♠ Robert Landsford. Il est d'origine anglaise. Il souffre de troubles du comportement depuis son enfance. Il est autiste. A sa sortie il va intégrer un groupe de travail avec des personnes qui souffrent de la même pathologie. Son ancien employeur, un peintre, va le réembaucher. Apparemment il faisait du très bon travail. Robert est très créatif, c'est ainsi qu'il s'exprime.

♠ Elke Schmitz, une allemande. Elle réside en Angleterre depuis une dizaine d'années. Elke est soignée pour des phobies diverses. A sa sortie elle reprendra son ancien métier, professeur d'allemand à Londres. Elle participe également à un groupe de travail. Son séjour ici prendra fin dans deux semaines.

« Voilà, ce sont ces trois patients qui participaient souvent avec Murray à une thérapie de groupe. Mais, vous savez, je doute fort qu'ils aient à voir quelque chose avec son meurtre, rétorqua Miller. »

— C'est à nous de le découvrir, répondit Smith. Encore une question ? Est-ce que ces patients avaient le droit de sortir ?

— Oui, bien sûr, ils avaient des heures de sortie, ce n'est pas une prison ici ! Surtout ces malades, et bien sûr par les cas irréversibles, cela se comprend.

— Merci. Est-ce que l'on peut passer au *Black OWL ?* Quels sont les psychiatres qui suivent ces patients ?

— Dita et Robert sont suivis par le docteur Raymond Green. Pour Elke, c'est le docteur Charles Carpenter qui s'en occupe.

— Pour le personnel soignant, il y a Marco Hemingway, notre infirmier en chef, Dorothy Perkins et Christine Young, nos deux infirmières. Nous pouvons nous y rendre tout de suite si vous le désirez. Plus vite ce crime sera élucidé et mieux je me porterai !

— Merci. Auriez-vous l'amabilité de signer votre déposition ici ? demanda Hard.

Une quinzaine de minutes plus tard les enquêteurs et le directeur étaient de retour au *Black Owl.* Hard la perquisition dans sa main. Maggy et Sonia étaient revenues avec lui pour fouiller l'établissement de fond en comble. Seules les chambres des malades incurables ne furent pas examinées. La première fouille partielle n'avait rien révélée de suspect.

Miller appela Green et Carpenter dans son bureau. Il les informa des directives de Smith et Hard : ils devaient préparer les malades aux interrogatoires. Miller les questionna également sur la lobotomie. Green et Carpenter nièrent formellement toute implication dans ce délit et sortirent. Un bureau fut mis à disposition des enquêteurs pour l'interrogatoire des malades.

Une petite femme frêle entra dans le bureau. Elle portait une paire de lunettes noires. Elle devait avoir aux alentours de la cinquantaine. C'était Dita van Laeken. Elle s'adressa aux enquêteurs dans un anglais avec un fort accent néerlandais. Sa main tremblait. Le docteur Green était déjà sur place.

— Bonjour Madame van Laeken, dit Smith. Nous sommes désolés de devoir vous importuner, mais je pense que vous êtes au courant de ce qui est arrivé à Monsieur Murray ?

— Oui, je suis choquée et très inquiète pour ma, enfin notre sécurité !

Green la rassura.

— Est-ce que vous connaissiez bien Robert Murray ? Lui aviez- vous parlé ?

— Oui, Monsieur Murray était un homme courtois. On se parlait souvent après notre thérapie de groupe. On discutait de nos soucis de santé, de nos métiers respectifs.

— Je suis écrivaine ! Vous savez cela me permet de m'évader et d'être créative ! Je me bats ainsi contre ma maladie.

— Sur quel sujet écrivez-vous Madame ?

— J'écris des poèmes anglais.

— Vous a-t-il fait part de ses tracas ? Le moindre indice serait le bienvenu, Madame van Laeken.

— Ces derniers temps il semblait en effet plus soucieux. Il voulait absolument rentrer pour aller travailler. Il m'avait dit qu'il aimait bien son travail. Je ne peux pas vous dire si les soucis ou tourments étaient dus à son travail, désolée. C'est affreux ce qui lui est arrivé.

— Est-ce tout, je me sens fatiguée, Messieurs. C'est ma thérapie qui me fatigue.

— Oui, bien sûr, je prends juste vos empreintes. Il n'y a rien d'alarmant Madame, c'est pour vous innocenter, rassurez-vous. Cela fait partie de notre travail. Ce sera tout, voici ma carte de visite. Nous reviendrons pour vous faire signer votre déposition. Si jamais il vous viendrait en mémoire n'importe quel indice, si minime soit-il, n'hésitez pas à nous appeler. Merci.

— Oh, vous savez, ma mémoire elle n'est plus ce qu'elle était, mais bon j'y travaille. Au revoir Messieurs. Je signerai ma déposition n'ayez crainte.

— Je vous achèterai un livre Madame, s'exclama Robin.

Elle lui sourit, le remercia et sortit du bureau. Soudain le portable de Smith sonna. C'était la médecin légiste, Martha Butcher.

— Allô Arthur, je ne vous dérange pas ?

— Nous sommes en train d'interroger les malades Martha, mais allez-y, je vous écoute.

— J'ai les résultats de l'autopsie de Murray. La victime a été empoisonnée à la toxine botulique. Son corps contenait une forte concentration de ce poison. La nourriture qu'il a consommée a provoqué sa mort. Le pauvre, quelle mort atroce, l'agonie a d'abord provoqué un arrêt de sa respiration et ensuite un raidissement des muscles. Nous avons retrouvé des restes de moules dans son estomac.

— Merci Martha, bon travail !

Smith appela Miller.

— Dites-moi Monsieur Miller, est-ce que vous savez où Monsieur Murray a dîné hier soir ? Notre médecin légiste a trouvé des traces de toxine botulique dans son corps. Apparemment l'empoisonnement est dû à des moules !

— C'est curieux, nous n'en avons pas servi hier soir au réfectoire, car j'y ai dîné moi-même. Il n'a pas pu aller bien loin, laissez-moi réfléchir, normalement, si nos patients veulent sortir le soir, ils y sont autorisés de 19 h à 22 heures. Après les portes sont fermées par mesure de sécurité. L'établissement est surveillé à l'avant par une caméra de surveillance. De plus nous avons engagé deux gardes d'une compagnie de sécurité.

— Pour les moules, vous devriez enquêter du côté des restaurants *HARBOUR'S INN et MARINE'S NEST*. La saison des moules vient de débuter. Vous n'aurez pas de mal à les trouver, car ils sont situés sur la route principale non loin d'ici.

— Merci Monsieur Miller, nous allons faire le nécessaire. Mon collègue Robin ira y faire un tour. Je reste ici pour continuer l'interrogatoire.

Robin téléphona aux deux restaurants pour leur annoncer son passage. Smith fit renter Green.

— Vous savez inspecteur en chef, j'ai préparé Monsieur Landsford à l'interrogatoire, mais j'ai l'impression que vous n'obtiendrez pas beaucoup d'informations de sa part.

Landsford avait la cinquantaine. Il portait une paire de lunettes rouges. Une vieille barbe de quelques jours s'affichait sur un visage pâle. Il regarda par terre. Green le pria de s'assoir.

— Bonjour Monsieur Landsford. Merci d'avoir accepté de témoigner. Est-ce que le docteur Green vous a dit ce qui est arrivé à Monsieur Murray ?

— Oui, Oui, affreux affreux ! Mon copain est mort. Suis triste.

— Est-ce qu'il vous aurait confié un secret. Avait-il un problème ?

— Non, je ne sais pas. Il ne m'a rien dit. Je ne sais pas. Suis content je sors bientôt. Je vais aider un peintre. Je retourne travailler ! Je peux partir ?

— Oui, mais avant je prends vos empreintes. Je dois vous toucher les doigts, n'ayez crainte. Après vous pourrez quitter le bureau Monsieur Landsford.

Landsford se leva et quitta le bureau.

— Dites donc inspecteur, c'est étonnant qu'il vous ait parlé. D'habitude il ne dit rien ou presque rien.

— C'est que vous l'avez bien préparé docteur. Merci !

— J'ai encore une question pour vous docteur Green. Est-ce que vous pourriez nous aider à découvrir celui ou celle qui a fait cette lobotomie ?

— Est-ce que vous soupçonnez un confrère ?

— Non, mais nous n'avançons pas vraiment dans cette enquête, et le moindre détail serait important pour nous.

— Je pense que c'est quelqu'un qui s'y connaît. Je ne peux pas vous en dire plus. Désolé !

Quelques minutes plus tard, Smith fit rentrer Elke Schmitz, une jeune femme d'une trentaine d'années. Elke portait un jean blanc et un chemisier bleu clair. Elke avait un accent allemand assez prononcé. Elle était accompagnée par le docteur Carpenter.

— Bonjour Madame Schmitz, je suis l'inspecteur en chef, Arthur Smith.

— Bonjour Monsieur l'inspecteur, le docteur Carpenter m'a préparé à notre interrogatoire. Vous pouvez commencer.

— Avez-vous bien connu Monsieur Murray ? Lui aviez-vous parlé ?

— Nous discutions de temps à autre de nos soucis de santé après nos thérapies de groupe. Il me semblait un peu distrait ces derniers temps comme si quelque chose le tracassait. Mais il ne m'a rien dit. Désolée ! Je sais néanmoins qu'il avait hâte d'aller retravailler, car apparemment il avait des dossiers urgents à traiter. Moi-aussi je vais sortir bientôt, j'ai appris beaucoup de choses sur moi-même ici !

— Je dois encore prendre vos empreintes Madame, mais ne vous inquiétez pas, c'est la procédure habituelle pour faire avancer l'enquête.

Elke sortit du bureau. Robin y entra.

— Alors, demanda Smith, qu'as-tu découvert ?

— Arthur, c'est au *HARBOUR'S INN* que la victime a dîné hier soir aux environs de 19 heures. Il était en compagnie d'une jeune femme d'une trentaine d'années. J'ai envoyé l'agent Mac Calumn sur place pour faire le portrait robot de cette dame. On aura les résultats demain matin. Sonia Ryan y est également. Elle va analyser les moules du restaurant. Il n'y a malheureusement pas de vidéo de surveillance. Dommage. Cela nous aurait facilité la tâche ! Et toi est-ce que tu as avancé, Arthur ?

— D'après les témoignages de patients qui ont fréquenté Robert Murray, ce dernier avait apparemment un travail urgent à clôturer chez son employeur. Je dois encore interroger le personnel soignant, ensuite on pourra se pencher un peu plus sur son employeur, *MEDI & Cie.* Il nous faut savoir ce que Murray avait d'aussi urgent à terminer !

— Je me charge du personnel soignant si tu veux ? répondit Robin.

Soudain le portable d'Arthur sonna. C'était Béatrice, son épouse.

— Allô chérie, comment vas-tu ? Ah tu es rentrée du travail plus tôt ? Récupération d'heures supplémentaires. Bonne idée !

— Chez nous c'est tout le contraire ! Robin et moi avons un meurtre à élucider au *Black Owl,* un hôpital psychiatrique. Je vais rentrer tard, nous débutons tout juste l'enquête. Ne m'attendez pas pour dîner. Embrasse Abbi de ma part. Bisous ma chérie ! A ce soir.

Smith regarda sa montre. Il était 17 heures.

— Arthur, dit Robin, je viens d'appeler chez *MEDI & Cie.* Ce n'est pas très loin d'ici. Ils nous attendent vers 18 h 30. J'ai parlé avec le directeur, Walter Scott. En chemin on peut s'arrêter chez Madame la Procureure pour récupérer la perquisition.

— Merci Robin, bonne idée, nos scientifiques devront contrôler le disque dur de l'ordinateur de la victime. Est-ce que tu peux appeler ces dames ? Nous allons poursuivre l'interrogatoire. Merci !

Un homme et deux jeunes femmes entrèrent dans le bureau.

— Bonjour Messieurs Dames, prenez place s'il vous plaît. Je suis l'inspecteur Robin Hard, de Scotland Yard. Je vais commencer par vous, Monsieur Hemingway ! Avez- vous remarqué un changement quant au comportement de Robert Murray ces derniers temps ? Chaque détail est important ! Qui a pu lui faire une lobotomie ?

— Il y a deux semaines quand je l'ai croisé au réfectoire, il était bizarre, plus calme, comme si c'était une autre personne. Vous savez il ne s'est jamais confié à moi, c'était son droit, mais il avait de bons contacts avec les autres malades. Et en ce qui concerne la lobotomie, je ne crois pas qu'elle ait été pratiquée ici. Et où ? Nous ne sommes pas équipés pour les interventions chirurgicales. Nous ne soignons que des patients qui ont des troubles nerveux. Est-ce tout, Monsieur l'inspecteur ? Je dois retourner auprès de mes malades.

— Je dois prendre encore vos empreintes, routine oblige. Ensuite vous pourrez repartir. Demain nous reviendrons, et vous signerez vos dépositions respectives. A vous Madame...

— Je suis Dorothy Perkins, fit une petite voix chétive. Voici ma collègue Christine Young ! Comment peut-on vous aider Monsieur l'inspecteur ?

Dorothy avait une chevelure rousse. De petites tâches de rousseur étaient éparpillées un peu partout sur son visage. Christine était blonde. Elle portait une paire de lunettes rouges.

— Avez-vous remarqué quelque chose de particulier ces derniers temps au sujet de Monsieur Murray ? Vous semblait-il plus nerveux ou anxieux ?

— Je dois confirmer les dires de Monsieur Hemingway ; depuis deux semaines il avait changé complètement, répondit Christine. On aurait dit que c'était une autre personne. Peut-être était-ce dû à cette lobotomie ?

— C'est ce que nous devrons découvrir, répondit Robin.

— Mais ici nous ne sommes pas équipés pour pratiquer une telle opération. Je ne vois vraiment pas qui aurait pu le faire et où ?

— Je vais prendre vos empreintes et puis vous pourrez repartir toutes les deux. Merci !

Après que le personnel soignant fut sorti, Smith s'adressa à Hard :

— Robin, il faut que j'appelle encore Sonia et Maggy.

— Pourquoi ?

— Les caves n'ont pas encore été fouillées. Jusqu'à présent, on ne soupçonnait pas que Murray ait été lobotomisé au *Black Owl* ! Mais maintenant j'ai des doutes. Peut-être que notre police scientifique va trouver des indices au sujet de cette intervention interdite mais pourtant pratiquée. Après cela nous partirons interroger Walter Scott.

"Allô, Sonia, tu es rentrée du restaurant ? Ah, vous n'avez rien trouvé de suspect dans le reste des moules non consommées, ni au frigo et rien non plus au congélateur. Bien. L'analyse des poubelles n'est pas encore terminée. Je comprends. Il vous reste du pain sur la planche. Donc, notre assassin a mis sciemment le poison dans les moules de Murray. Bon travail. Et pour les empreintes digitales prises dans les douches, cela donne quoi ? Bref, je vois que vous avez besoin d'aide. Faites-vous assister par Guy Carpenter, il est rentré de congé je pense. Est-ce que toi et Maggy pourriez revenir au *Black Owl,* il faudrait passer les caves au peigne fin. Je pense que la lobotomie a été pratiquée au *Black Owl."*

Un quart d'heure plus tard, la police scientifique était sur place.

— Je vous appelle Arthur si on trouve quelque chose de concret, fit Maggy. J'ai le numéro de votre portable.

— Merci Maggy. Nous allons chez l'employeur de Murray. On vous ramènera son ordinateur ; vous pourrez analyser son disque dur. Au revoir Mesdames et Merci !

Hard regarda sa montre, il était 18 h 15. Smith arrêta la voiture. Robin sortit de l'automobile et sonna à l'entrée de la demeure de Madame la Procureure. Cinq minutes plus tard il revint avec la perquisition en poche. Le clocher sonna 18 h 30 quand ils s'arrêtèrent sur le Parking de *Médi & Cie.* Un homme grisonnant, la cinquantaine leur ouvrit la porte. Il portait un costume en tweed brun foncé. Dans le couloir on pouvait voir beaucoup d'affiches de médicaments.

— Bonsoir voici mon collègue, l'inspecteur Robin Hard, je suis l'inspecteur en chef Arthur Smith.

— Bonsoir Messieurs.

— Monsieur Scott, parlez-nous un peu de Monsieur Murray, s'il vous plaît ! Etait-il envié ? Est-ce que quelqu'un lui en voulait?Est-ce qu'un fait inhabituel s'est déroulé ici ces derniers temps?

— C'est horrible ce qui est arrivé à ce pauvre Robert. Nous étions très satisfaits de son travail. C'était un homme intègre et consciencieux. Je ne comprends pas pourquoi quelqu'un lui en voulait à ce point. Je ne lui connaissais pas d'ennemis. Certes, il était souvent très nerveux et anxieux, c'est pour cette raison que je lui avait suggéré de faire une cure, et apparemment elle lui avait très bien réussie. Il m'a appelé il y a 5 jours. Nous avons pris en charge tous les frais. Murray a travaillé chez nous durant dix ans, et jamais nous n'avions de problème avec lui. Il faisait beaucoup d'heures supplémentaires. Je me sentais un peu responsable de son état de santé. Je suis consterné. Trouvez-vite son assassin ! Et pour revenir aux choses inhabituelles, oui, nous avons eu un cambriolage dernièrement dans nos locaux. Mais ce qui est bizarre c'est que le voleur n'a rien emporté. Tous les fonds sont encore à leur place dans un coffre-fort. Les poisons sont enfermés dans un second. J'ai vérifié, il n'en manque aucun. Il n'y a que Mademoiselle Thompson et moi-même qui avons la combinaison !

— C'est étrange, en effet ! rétorqua Hard.

— Nous avons apporté un mandat de perquisition, désolé Monsieur Scott, auriez-vous l'amabilité de nous montrer le bureau de Monsieur Murray, répliqua Smith.

— Bien sur, suivez-moi Messieurs !

— Hard, vous voulez bien débrancher l'ordinateur. Notre police scientifique examinera son contenu !

Les enquêteurs fouillèrent le bureau, mais ne trouvèrent rien de suspect. Une demi-heure plus tard, ils quittèrent les lieux.

— Merci Monsieur Scott, nous serons peut-être amenés à nous revoir. Cela dépendra des résultats de l'enquête. Veuillez ne pas quitter Londres ! Merci.

— Alors Arthur, que penses-tu de Walter Scott ? Il

estimait beaucoup son employé.

— Tu sais Robin, il n'y a pas beaucoup de patrons qui paient des séjours à leurs employés dans une clinique privée, c'est bizarre. Mais bon, nous sommes peut-être tombés sur la "perle rare".

— Mais ce cambriolage, c'est étrange, dit Smith d'une voix effacée.

—

— I

Il
regard
a sa
montr
e. Il
était
19 h
30.

— Arth
ur je
ramè
ne
l'ordi
nateu
r à la
scient
ifique
. On
verra bien ce qu'ils vont trouver. C'est sur mon chemin !

— Robin, merci, on se voit demain. Bonne fin de soirée !

— Bonne soirée Arthur, passe le bonjour à Béatrice et Abbigail !

— Merci à demain !

Arthur s'arrêta devant un fast-food à dix minutes de chez lui. Il commanda un sandwich au poulet et des frites. Comme boisson il prit un coca.

Vers 20 h 15, il se mit en route pour renter chez lui.
Abbigail était encore levée. Elle sauta dans les bras de son père.

— Papa enfin te voilà. Tu dois être très fatigué. J'ai une bonne nouvelle à t'annoncer.

— Ah, et dis-moi, c'est quoi ?

— J'ai eu un dix-huit en math !

— Je suis fier de toi, continue sur cette lancée Abbi.

— Bonsoir Béatrice.

Les époux s'enlacèrent.

— As-tu dîné Arthur ?

— Oui en route, pas de soucis ! Robin vous passe le bonjour à toutes les deux. Comment était ta journée, Béatrice ?

— Pour le moment c'est un peu plus calme, et comme je te l'ai dit au téléphone j'ai quitté une heure plus tôt. On a même quelques lits qui sont disponibles, cela fait longtemps que je n'ai plus vu cela au *ST. MARY'S HOSPITAL*. Alors comment avance votre enquête ?

— Oh, lentement, nous devons trouver encore le mobile du crime. Et bien sûr, pour quelle raison la victime, Robert Murray, a été lobotomisée ? Nous n'en sommes qu'au début.

— Papa quel film on regarde ce soir ?

— Qu'est-ce que tu nous proposes Abbigail ?

— Sur la BBC, il y a un reportage sur les pyramides d'Egypte. J'aimerais tellement le voir ! Et à 22 heures c'est terminé.

— Qu'en penses-tu Béatrice ? demanda Arthur.

— Pas de soucis, allez, allume le poste.

A 22 h 30, les lumières s'éteignirent chez les SMITH. On n'entendit plus que le cri de la chouette dans la nuit.

A 8 heures tapantes le lendemain, Smith entra dans son bureau. Hard était en train de lire le *Daily Telegraph.*

— Bonjour Robin, as-tu bien dormi ?

— Hum, non j'étais agité cette nuit, j'ai fait des cauchemars. Cela doit être cette lobotomie et ce meurtre qui m'inquiètent. Et toi Arthur ?

— A peine au lit, je me suis endormi jusqu'à 6 h 30 ce matin.

Soudain on entendit frapper à la porte. C'était Sonia et Maggy qui entrèrent.

— Bonjours Mesdames, alors la nuit fut courte pour vous ? Avez-vous trouvé quelque chose ?

— On a quitté le labo vers minuit à peu près, rétorqua Sonia. Heureusement que Guy nous a aidées, sinon on aurait fait une nuit blanche.

— Nous avons vérifié les empreintes dans les douches. Celles que l'on a pu reconstituer sont celles de la victime, de l'infirmier en chef Hemingway et de Robert Landsford.

— Et en ce qui concerne l'ordinateur de Murray ?

— C'est étrange, il y avait des renseignements sur la toxine botulique qui étaient effacés. Mais notre collègue, Simon Parker, spécialiste en informatique a pu résoudre le mystère en "réanimant" ces informations sur le disque dur. *MEDI & Cie.* avait trouvé justement un vaccin pour s'attaquer aux empoisonnements dû à la toxine botulique. Nous n'avons trouvé aucune autre empreinte digitale sur le clavier que celle de Murray. Le meurtrier aurait pu porter des gants, qui sait ?

— C'est vraiment bizarre, pourquoi avoir effacé ces informations ? s'exclama Maggy.

— Peut-être que le vaccin avait des effets secondaires importants, rétorqua Hard, et ils ont laissé tomber. Ou bien Murray avait une autre idée en tête !

— C'est probable ! répondit Maggy. Et en ce qui concerne les caves, cela n'a rien donné. On n'a pas vu de traces de sang, ni d'appareillage médical. Une des parois était néanmoins nouvelle. Cela nous a semblé suspect. Le béton était assez récent. Miller était perplexe ! Il faudrait peut-être nous donner des renforts masculins pour détruire la paroi bétonnée. On aimerait bien savoir ce qui se trouve derrière.

— Oh, nous aussi, s'exclama Hard !

— D'accord fit Smith, prenez deux agents du poste avec les outils adéquats. Allez-y.

— Faites en sorte que Miller soit présent !

— D'accord, on va y aller avec les renforts. On vous tient au courant.

— Hm, rétorqua Smith, je me demande ce qu'un comptable trafiquait avec ces données, qui normalement étaient secrètes comme toutes les formules et tests de médicamenteux d'un laboratoire ?

— Il faudra creuser cette piste, répondit Hard, tu as

raison Arthur.

On entendit frapper à la porte. C'était l'agent Mac Calumn ; il avait terminé le portrait robot de la femme qui avait accompagné Murray le soir au restaurant.

— Merci à tous. Tu viens Robin, nous retournons voir Walter Scott, je pense qu'il nous doit des explications. On va emporter le portrait robot de cette femme.

Quinze minutes plus tard, les enquêteurs se trouvaient nez à nez avec Walter Scott.

— Bonjour Messieurs, que puis-je faire pour vous ? Voulez- vous un café ?

— Non merci, nous aurions encore quelques questions à vous poser Monsieur Scott, répondit Smith.

— Allez-y je vous écoute.

— Nous avons trouvé un rapport sur le disque dur de Monsieur Murray. Dans ce rapport, votre laboratoire avait trouvé un vaccin contre la toxine botulique. Pourquoi à votre avis, Monsieur Murray l'a effacé ? Et en plus cela n'avait rien à voir avec son travail !

— Le vaccin avait des effets secondaires violents. Bien que Murray occupait un poste de comptable, il était très intéressé par nos projets et travaux en cours. Il a lu ce rapport. Il est même venu me trouver pour en parler. Je lui ai dis que nous avions abandonné le projet, car le vaccin présentait trop d'effets secondaires. Notre personnel est assermenté, donc je ne vois pas où vous voulez en venir, Messieurs ? Il l'a certainement effacé car le dossier était classé sans suites.

— Est-ce que vous connaissez cette femme, Monsieur Scott? demanda Smith

Scott regarda attentivement la photo.

— Oui bien sûr c'est une collègue de Murray. C'est Betty Thompson. Je vais l'appeler, vous pourrez lui parler.

Quelques minutes plus tard, Betty Thompson rentra dans le bureau de Walter Scott. Elle portait un pantalon bleu foncé et un cardigan gris chiné. Elle frôlait la trentaine.

— Bonjour Mademoiselle Thompson. Voici l'inspecteur Robin Hard de Scotland Yard, je suis l'inspecteur en chef Arthur Smith. Nous sommes amenés à vous poser quelques questions au sujet de l'assassinat de Robert Murray, votre collègue de travail.

— C'est horrible ce qui lui est arrivé. Nous avons dîné ensemble au restaurant *HARBOUR'S INN,* la veille de sa mort, et il allait parfaitement bien. Je suis choquée !

— De quoi vous a t-il parlé ? Est-ce qu'il était nerveux, vous semblait-il préoccupé ? demanda Smith.

— Non, il m'a juste dit qu'il avait hâte de reprendre son travail.

— Vous a t-il parlé du fameux vaccin contre la toxine botulique ?

— Non, on a parlé travail. Je lui ai dit qu'on avait du retard dans les dossiers à traiter et que j'étais contente qu'il revienne au travail très vite. Puis il m'a dit qu'avec le nouveau traitement il allait beaucoup mieux. Ah, il m'a dit également que c'était Walter Scott qui avait payé sa cure. J'ai trouvé cela étrange, mais bon, Robert était un bon employé. Scott se sentait peut-être responsable de la dégradation de son état de santé due au stress professionnel ? Mais cela ne me concerne pas. Et nous avons parlé également de l'organisation des prochaines vacances.

— Je vais prendre encore vos empreintes, fit Robin.

— Très bien Mademoiselle Thompson, veuillez ne pas quitter Londres. Vous êtes apparemment la dernière personne à avoir vu Monsieur Murray vivant. Veuillez vous tenir à la disposition de la justice dans le cas où nous aurions encore des questions à vous poser. S'il vous revenait encore un détail en mémoire si minime soit-il, n'hésitez pas à m'appeler.

Smith lui tendit sa carte. *Big Ben* sonna 11 h 30.

— Viens Robin, nous allons faire une visite au propriétaire du *HARBOUR'S INN.* Quelque chose cloche. J'ai l'impression que chez MEDI & Cie. tout le monde nous ment ou bien ne nous dit pas tout.

— Nous pourrions peut-être dîner sur place ? fit Robin

en souriant.

— Mais pourquoi pas, ils ne vont pas nous empoisonner.

Les enquêteurs rirent aux éclats. Une quinzaine de minutes plus tard Smith et Hard arrivèrent au restaurant. Le propriétaire qui venait à leur encontre était vêtu d'un costume bleu foncé. Il portait une barbiche. Il frôlait la cinquantaine. Sa chevelure était presqu'inexistante.

— Bonjour Messieurs. Je suis Patrick St. Martin, le propriétaire du *HARBOUR'S INN*.

— Bonjour Monsieur St. Martin, nous sommes de Scotland Yard. Voici mon collègue, Robin Hard, je suis Arthur Smith.

— Comment puis-je vous aider ? Cela concerne certainement le meurtre de Monsieur Murray. Le pauvre homme, empoisonné dans mon restaurant. Je ne vous dis pas, on peut mettre la clef sous le paillasson si cela se sait !

— Ne vous inquiétez pas Monsieur, nous n'en informerons pas la presse. Nous ne salirons pas la renommée de votre établissement, n'ayez crainte.

— Les moules c'est notre spécialité. Je ne comprends pas. Comment ce poison a-t-il pu s'y trouver ?

— En effet, nos scientifiques n'ont rien trouvé d'anormal dans votre établissement. Ils ont néanmoins emporté les détritus de vos poubelles. On vous tiendra au courant. Le meurtrier ou la meurtrière y a peut-être laissé des traces. Le restant des moules n'était pas empoisonné, donc logiquement cela signifie que quelqu'un a délibérément empoisonné Monsieur Murray.

— Cela me soulage, car question hygiène, on ne pourra vraiment rien nous reprocher.

— Est-ce que vous avez remarqué quelque chose quand Monsieur Murray et sa collègue Madame Thompson ont dîné ici avant-hier soir ?

— Non, tout allait bien jusqu'au dessert. J'ai vu que le couple était en train de se disputer. Je n'ai pas suivi la conversation, mais la dame était agitée. Elle n'a pas mangé son dessert. Elle est partie de suite. En sortant elle a réglé sa part à la caisse. J'ai trouvé cela étrange qu'une aussi jolie jeune femme ne se fasse pas inviter par ce Monsieur.

— Est-ce que vous avez une caméra de surveillance Monsieur St. Martin ? demanda Hard.

— Oui, mais elle est fixée à l'extérieur.

— Est-ce que nous pouvons emporter les enregistrements ? C'est pour faire avancer l'enquête, demanda Smith.

— Bien sûr, je vais aller la chercher !

— La voici, j'espère que vous pourrez en tirer quelque chose ! Est-ce que je peux vous offrir une boisson ?

— C'est très aimable, répondit Smith, nous aimerions déjeuner chez vous, est-ce possible ?

— Oui, bien sûr, cette table vous convient-elle ?

— C'est parfait, répondit Smith

— Que pouvez-vous nous proposer, demanda Hard ?

— Avez-vous un menu du jour ? rétorqua Smith.

— Au menu du jour nous avons du rosbif, frites et haricots. Sinon, je peux vous proposer également des steaks, frites et salade, ou bien de l'émincé de poulet, riz et salade.

— Je vais prendre l'émincé, répliqua Smith.

— Et moi, je vais prendre le rosbif, rétorqua Hard.

— Nous prendrons une bouteille d'eau, dit Smith

— Vous prenez un apéritif ? C'est offert par la maison !

— Pour moi ce sera un Cynar à l'eau pétillante, merci.

— Et pour moi une bière pression, merci.

Soudain le portable de Smith sonna. C'était Madame la Procureure.

— Bonjour Arthur. J'espère que je ne vous coupe pas l'appétit à tous les deux. Avez-vous du nouveau ?

— Non, Madame la Procureure, pas d'inquiétude, nous n'avons pas encore commencé. Nous venons tout juste de commander. Nous sommes aux *HARBOUR'S INN*. C'est à cet endroit que Murray a dîné pour la dernière fois avec une de ces collègues Betty Thompson, qui nous cache des éléments de l'enquête, je pense. Mais elle n'est pas la seule. Le grand patron de *MEDI & CIE.,* Walter Scott lui, ne nous a pas dit toute la vérité non plus.

"Le restaurateur vient de nous raconter qu'au moment du dessert, la collègue de Murray, est partie fâchée. Nous allons vérifier la cassette de la vidéo - surveillance, ensuite nous retournerons chez *MEDI & CIE.* La police scientifique est en train d'analyser les détritus des poubelles. Les frigos et congélateurs sont en ordre, le restant des mets également. Nous pouvons donc conclure que quelqu'un a délibérément empoisonné Murray."

— Perfide ! Et pour le *BLACK OWL ?*

— La police scientifique vient de découvrir qu'un mur en béton récemment construit se dressait devant eux dans les caves qu'ils étaient en train d'examiner. Le directeur Miller, semblait étonné de le voir. Il a affirmé qu'il existait bien une cave à cet endroit, mais quelle servait à déposer les archives il y a plusieurs années. Notre équipe est en train de le démolir.

— Quelle histoire, mais je sais que je peux compter sur vous deux. Tenez-moi au courant. Comme je vous connais Smith, je pense que vous avez déjà votre petite idée ! Bon appétit Messieurs.

— Merci Madame la Procureure, ma petite idée, oui, mais nous devons encore la prouver. Au revoir Madame !

— Alors Arthur, quelles sont tes conclusions ?

— Robin, tout est encore confus dans ma tête ! Je dois rassembler les morceaux du puzzle ! Cette lobotomie, je pense vraiment que Miller n'était pas au courant. C'est un des membres du corps médical ou du personnel soignant à mon avis. Maggy et Sonia vont m'appeler s'il y a du nouveau, ne t'inquiète pas.

Les plats arrivèrent. On n'entendit plus que le cliquetis des couteaux et fourchettes.

— Est-ce que vous souhaitez un dessert ou un café, Messieurs ?

— Un décaféiné pour moi, rétorqua Smith

— Un capuccino pour moi, fit Hard.

Deux minutes plus tard, le portable de Smith sonna.

— Ah c'est toi Maggy, non tu ne nous déranges pas, nous avons terminé notre déjeuner. Alors qu'avez-vous découvert ?

— Incroyable Arthur, la cave était aménagée en salle d'opération. Nous avons relevé les empreintes de Murray et tu ne devineras jamais de qui encore ?

— Je donne ma langue au chat !

— Celles de Marco Hemingway, l'infirmier en chef. L'agent de police Chesnut l'a déjà mis en cellule pour l'interrogatoire ! On vous attend. Nous avons recherché des informations sur lui dans la base des données. Il a été condamné pour faux et usage de faux il y a une dizaine d'années. Mais je n'ai pas plus de précisions, désolée, je dois demander plus de détails !

— Bravo excellent travail ! J'ai ma petite idée là dessus. Nous devons passer pour visionner les enregistrements de la vidéo- surveillance du *HARBOUR'S INN.* On en saura peut-être un peu plus. A tout de suite. Décidément mon portable n'arrête pas de sonner, s'écria Smith !

"Ah c'est toi Abbigail, tu as mangé à la cantine à midi ? Alors c'était bon ? Ah il y avait des steaks frites ! Oui bien sûr tu peux aller au cinéma avec ton amie Caroline. Est-ce que maman est d'accord ? Ah, je ne sais pas à quelle heure je vais rentrer. Tu sais on est en pleine enquête. Si tu voudras faire ce métier plus tard, tu comprendras. Quel film vous allez voir ? Ah, *MES VIES DE CHIEN.* Bien, dis à maman que je suis d'accord Abbi. Oui je tâcherais d'arriver avant que tu n'ailles au lit ; j'essaie Abbi, je ne te promets rien. Bisous."

Hard sourit.

— Ah, les jeunes filles de nos jours, elles savent ce qu'elles veulent.

Hard cligna de l'oeil à Smith. Les enquêteurs rirent aux éclats. Cela faisait du bien, une petite coupure pour évacuer le stress de l'enquête. Une dizaine de minutes plus tard ils arrivèrent au bureau. Maggy leur présenta le dossier de Hemingway. Les soupçons de Smith s'avérèrent exact. Un agent de police amena Hemingway qui clamait haut et fort son innocence.

— Asseyez-vous Monsieur Hemingway, s'écria Smith.

— Mais qu'est-ce que je fais ici, je suis innocent, s'exclama-t-il ! Que me reprochez-vous ?

— Ah bon, tiens donc, mais nous avons rassemblé des preuves qui sont accablantes.

— Quelles preuves, et de quoi m'accuse-t-on ?

— Notamment de faux et d'usage de faux !

— Ah, mais c'est une vieille histoire, j'ai payé pour cela.

— Mais vous avez récidivé ! Décidemment cette vieille histoire ne vous a pas servi de leçon. C'est vous qui avez fait cette lobotomie à Murray. Vous prétendiez que vous étiez médecin, et que cela allait le soulager. Vous lui avez promis quoi en échange ? De l'argent ? Nous avons enquêté également sur Murray. Il était accroc aux jeux. Il devait encore 5.000 livres au Casino.

— Mais vous n'avez aucune preuve, fit ironiquement Hemingway.

— Oh que si, rétorqua Hard. Nous avons fait démolir votre beau mur fraîchement construit. Vous avez même des dons de maçon ! Derrière ce mur se trouvait une vraie salle d'opération. Monsieur Miller était perplexe, ce mur avait été construit à son insu. Des années auparavant il existait bien une cave à cet endroit pour y déposer les archives.

"Mais comme tout se fait par le biais d'Internet de nos jours, son utilisation devenait caduque. Les empreintes retrouvées n'étaient que partielles, mais nous avons pu les identifier. De plus, quelques gouttes de sang de Murray se trouvaient également dans cette cave. Mais que faisaient vos empreintes dans les douches des malades ?"

— Je déteste la médiocrité, des gens tels que vous et vos semblables, des petits enquêteurs sans envergure ! Je prenais mes douches dans le même local que les malades de la section de Murray. Mais que croyez-vous ? Que j'habite un hôtel cinq étoiles ici !?

Il avait les yeux révulsés.

— Je voulais toujours être médecin, mais malheureusement je n'ai pas réussi les examens. Je suis certain que la commission des examens était contre moi ! J'ai falsifié des papiers, et j'ai exercé comme médecin à Manchester. Malheureusement la police locale a deviné le subterfuge. J'ai été condamné à cinq ans de réclusion et une grosse amende à payer. Heureusement personne n'était mort à l'hôpital, tant mieux. Mais je ne voulais pas m'arrêter là. J'ai rechangé mes papiers et Monsieur Miller m'a embauché ici en tant qu'infirmier en chef, pas mal, avouez ?

— Et vous avez récidivé en tant que médecin, Monsieur Archibald Brewster, c'est votre vrai nom n'est-ce pas ? s'écria Smith. Vous aviez été condamné il y à 20 ans pour le braquage de la banque *SUTTERS*. Heureusement que nos vieilles archives existent encore ! C'est vous qui êtes un être médiocre, arrogant et sans scrupules, s'écria Smith. Vous avez crû que jamais personne ne remonterait jusqu'à vous. Vous pensiez que nous allions soupçonner Monsieur Miller. Sa seule erreur était de vous avoir embauché ! Vous êtes un être narcissique et vous vous croyez supérieur aux autres ! Vous auriez dû pratiquer cette lobotomie autre part, c'était cela votre erreur. Une erreur impardonnable ! Tel est pris qui croyait prendre !

Brewster était livide de colère. Il foudroya Smith et Hard du regard.

— D'accord pour la lobotomie. Mais elle était réussie ! Murray se sentait mieux, et avait commencé à prendre moins de médicaments, à l'insu du docteur Green, son psychiatre. C'était facile de le convaincre. Murray avait des dettes. Il voulait que je lui prête de l'argent. C'est ce que j'ai fait, car il y a vingt ans, le braquage m'avait rapporté par mal d'argent. Je pouvais donc éponger les dettes de ce pauvre imbécile. Il ne savait pas comment me remercier. Mais croyez-moi, je ne l'ai pas assassiné. La lobotomie oui, mais pas le meurtre. Il a hésité, mais j'ai pu le convaincre. Cela m'a donné beaucoup de satisfaction de savoir que je n'avais pas encore perdu mes compétences en tant que médecin !

— Merci Monsieur Brewster, nous en avons assez entendu. Vous pouvez être assisté d'un avocat si vous le souhaitez, c'est votre droit. Si vous n'en avez pas, il vous en sera commis un d'office. A la vue de votre "palmarès de délits", vous irez loger ailleurs pour quelques années ! A partir de ce moment vous êtes en garde à vue, dit Smith.

Deux agents de police entrèrent dans le bureau et emmenèrent un Brewster fou de rage. Smith téléphona à Madame la Procureure pour l'informer du cours de l'enquête.

— Allô, Madame la Procureure. Désolé de vous déranger. C'est Arthur à l'appareil. Nous venons d'arrêter Marco Hemingway, alias Archibald Brewster, infirmier en chef du *Black Owl.* Nous avons retrouvé ses empreintes dans une cave. Derrière un mur en béton fraîchement construit se trouvait une salle d'opération. C'est là que Brewster a pratiqué la lobotomie sur Murray. Ce dernier avait des dettes au Casino. C'est Brewster qui les lui a épongées. Il a pu le convaincre d'accepter. Il a commis quelques délits, tels que faux et usage de faux et il a braqué une banque il y a vingt ans. Il avait déjà exercé en tant que médecin à Manchester. Mais la police locale avait découvert le subterfuge. Donc, il a un casier bien chargé ! C'est en comparant ses empreintes à celles du fichier central que nous avons pu remonter jusqu'à lui. Nous avons ses aveux, mais il n'est pas l'assassin de Murray. C'est un être avide de pouvoir et très narcissique, mais il n'a pas commis le meurtre, c'est mon intime conviction.

"Pour retrouver l'assassin Robin et moi allons visionner

ces enregistrements. Et nous irons refaire un tour chez *MEDI & Cie.* On vient de déposer une preuve sur mon bureau qui accable Walter Scott. Je vous appellerai dès qu'on a du nouveau, Madame la Procureure."

— Merci Arthur bon travail. Je souhaite que cette enquête aboutisse rapidement. Tenez-moi au courant. Vous pouvez m'appeler à n'importe quelle heure. Au revoir !

— Au revoir Madame la Procureure. Tu veux un café Robin ? demanda Smith.

— Oui, merci Arthur.

Smith regarda sur sa montre. Il était 16 heures. Soudain la porte du bureau s'ouvrit. C'était Béatrice, Abbigail et Caroline, l'amie d'Abbigail, qui entrèrent. Abbi se jeta dans les bras de son père. Elle embrassa également Robin.

— Oh, Robin, si seulement tu pouvais à nouveau venir faire les courses avec nous, tu te souviens du Dorset ?

— Oui Abbigail, toi et Béatrice vous m'aviez remonté le moral ! Je vais beaucoup mieux maintenant, car nous avons embauché du renfort ! Mais avec plaisir, un samedi quand vous voulez. C'est d'accord.

— Papa, maman vient avec nous au cinéma. Mais on voulait venir te voir avant. Pardon si on dérange ! Je sais que vous avez beaucoup de travail.

Elle embrassa son père.

— Hum, ce n'est pas grave, vous ne nous dérangez pas ! Tiens Abbi, voici un peu de monnaie pour tout le monde. Achetez-vous du popcorn ou des glaces. Amusez-vous bien. Le week-end prochain on ira voir un match de cricket. D'accord ?

— Oh Arthur, merci, tu sais qu'Abbi et moi nous adorons. Quel match allons-nous voir ?

— J'ai acheté quatre tickets pour aller voir Surrey contre Hampshire.

— Qui est-ce qui nous accompagne, demanda Abbigail ?

— Eh bien ce sera Robin, je sais que lui aussi adore le

criquet. A moins que tu aies déjà prévu autre chose Robin ?

— Oh merci Arthur, c'est très sympa. Cela me fait grand plaisir.

— Merci Monsieur Smith pour l'argent pour les sucreries, fit une petite voix craintive. C'était celle de Caroline.

— Allez venez les filles, laissez travailler Arthur. On y va, la séance va débuter dans un quart d'heure. A ce soir Arthur !

Smith embrassa tout le monde.

— Cette petite pause nous a fait du bien, dit Robin.

— Oui, comme tu dis. Allez Robin, on va enfin visionner les enregistrements de surveillance. Je suis curieux de savoir ce que l'on va découvrir. Après cela nous irons faire un petit tour chez *MEDI & Cie.*

Les enquêteurs burent leur café, qui, entretemps, avait refroidi. Les allées et venues de Murray et de Betty Thompson avaient bien été enregistrées. Effectivement, cette dernière était partie plus tôt que Murray. Le restaurant marchait très bien, il y avait de nombreux clients ce soir là. Mais personne que les enquêteurs connaissaient.

— Mais j'ai fait une erreur, s'écria Smith subitement.

— Laquelle ?

— Je n'ai pas demandé la liste du personnel qui travaille au restaurant, répondit Smith. Nous allons la chercher au retour de chez *MEDI & Cie.*

La voiture de Smith s'arrêta devant le portique de *MEDI & Cie.* Walter Scott les attendait dans son bureau.

— Pourquoi cette visite Messieurs, je vous ai tout dit sur Murray, fit-il d'un ton offusqué.

— Oh que non, rétorqua Hard. Nous pensons que Murray vous faisait chanter quant à ce vaccin contre la toxine botulique. Nos experts ont retrouvé des traces d'un virement de 7.000 livres que vous lui avez versées récemment. Vous aviez commencé à lancer la commercialisation de ce vaccin, malgré tous les effets secondaires prouvés par les essais. Vous n'aviez aucune autorisation. Ah, l'appât du gain ! Vous êtes vraiment sans scrupules, Monsieur Scott.

"De plus vous nous avez dit que votre société lui a payé ce séjour au *Black Owl.* Ni vous, ni Murray étiez blanc comme neige, n'est-ce pas Monsieur Scott ? ! Vous aviez un sérieux mobile pour le faire taire à jamais. Peut-être avez vous payé quelqu'un pour faire la sale besogne à votre place ?"

— Non, je ne l'ai pas empoisonné et je n'ai mandaté personne pour le faire. Vous pourrez m'accuser d'avoir donné le feu vert pour ce vaccin, mais pas pour le meurtre de Murray, s'écria Scott.

— Vous pouvez garder le silence. Tout ce que vous direz sera retenu contre vous. Vous avez droit d'appeler votre avocat. A partir de ce moment vous êtes en garde à vue pour le meurtre de Robert Murray, rétorqua Smith.

— Je vais appeler mon avocat. Je n'ai pas supprimé Murray.

— Faites, fit Smith. Veuillez appeler Mademoiselle Thompson. Nous avons également un mot à lui dire. Comme vous, elle ne nous a pas dit toute la vérité !

Deux agents arrêtèrent Walter Scott et l'emmenèrent en cellule. Deux minutes plus tard, Betty Thompson entra dans le bureau de Scott. Elle était angoissée. Elle avait mauvaise mine.

— Prenez place Mademoiselle Thompson, dit Smith d'un ton ferme. Nous avons visionné les enregistrements de la caméra de vidéosurveillance du restaurant où vous aviez passé la soirée avec Robert Murray. Vous ne nous avez pas dit que vous vous étiez disputés ! Le propriétaire nous l'a dit. Mais il n'a pas entendu votre conversation. Et vous nous avez caché que vous êtes partie avant le dessert en payant votre note. Murray n'était pas très galant ! Aviez- vous une liaison avec lui, Mademoiselle qui a mal tournée ? Veuillez répondre !

Betty était silencieuse et triste. De grosses perles de transpiration coulaient le long de son front.

— Oui, Robert et moi étions amants avant son séjour au *Black Owl.* Ce soir là, il m'a avoué avoir une liaison avec une infirmière, Christine Young. Mais ce n'était plus une surprise pour moi. Je le savais depuis un moment. Un jour je suis allée voir Robert et je les ai surpris en train de s'embrasser dans le couloir. Je n'ai rien dit. Ils ne m'avaient pas vu. Mais j'étais très en colère. Tout ce temps j'ai tout fait pour qu'il se sente mieux ! C'est moi aussi qui le tenait au courant au sujet du vaccin contre la toxine botulique. Le rapport pouvait être consulté par tout le personnel de l'entreprise. Pour les remerciements que j'en ai eus ! Robert était bien évidemment au courant que le vaccin avait néanmoins été commercialisé! Je n'ai rien dit, car sinon vous m'auriez suspecté de l'avoir empoisonné ce soir là. Je vous assure que je ne l'ai pas tué.

— Qui d'autre était au courant de votre liaison avec Monsieur Murray, Mademoiselle Thompson ?

— Mon frère Jeremy. Nous sommes très proches.

— Et Walter Scott ?

— Non, il n'était pas au courant. En plus cela ne le regardait pas.

— Bien ce sera tout pour le moment. Nous allons certainement nous revoir. A bientôt ! Ne quittez surtout pas la ville. Nous vous convoquerons pour que vous puissiez signer votre déposition que nous allons devoir corriger, rétorqua Smith.

Puis les enquêteurs s'éloignèrent.

— Pourquoi tu ne l'as pas arrêtée ? demanda Robin. Elle aussi a un mobile de taille !

— Patiente encore un peu et tu verras pourquoi, Robin !

Hard vit Smith mettre un objet dans sa poche, mais il ne pouvait pas voir ce que c'était.

— Décidemment Arthur, tu m'étonneras toujours.

Ils se dirigèrent en direction du *HARBOURS's INN*. Même si, comme il le prétendait, Walter Scott était innocent du meurtre de Murray, il avait commis un autre délit. Commercialisation de médicaments non autorisés. Patrick St. Martin les attendait avec, dans sa main, la liste du personnel de son restaurant. Quand Smith regarda la liste, il n'en crût pas ses yeux. Un nom lui sauta aux yeux.

— Un moment, je dois passer un coup de fil urgent.

Et il s'éloigna un instant, puis revint. Quelques minutes venaient de s'écouler...

— Dites-moi Monsieur St. Martin, est-ce que ce Jeremy Thompson serait le frère de Betty Thompson, la cliente qui a dîné avec Monsieur Robert Murray, la veille de son meurtre ?

— Ah, cela je l'ignore, mais laissez-moi réfléchir, j'ai vu Madame Thompson, avant le repas, discuter avec Jeremy. Elle revenait des toilettes. Donc les deux se connaissaient, pensais-je. Elle était en larmes. Cela me revient maintenant. J'ai trouvé cela étrange. Désolé de ne pas vous l'avoir dit plus tôt ! Veuillez m'en excuser.

— Dommage de ne pas l'avoir fait plus tôt effectivement, cela aurait accéléré notre enquête, rétorqua Hard. Pouvez-vous appeler Monsieur Thompson ? Est-ce qu'il est là. Oui, je pense, il est 18 heures.

Quand Thompson les vit, il voulut prendre la fuite, mais Hard lui barra le chemin et le fit trébucher.

— Monsieur Thompson, vous êtes bien le frère de Betty Thompson, n'est-ce pas ?

— Oui, c'est exact. J'ai eu des déboires avec la justice il y a trois ans. C'est pour cela que j'ai pris la fuite en vous voyant. J'ai eu peur !

— Oh, je ne pense pas que ce soit pour cette raison, rétorqua Smith. Vous avez été jugé pour trafic de stupéfiants. Cette ancienne histoire ne nous intéresse nullement. Ce qui nous intéresse c'est que vous aviez un mobile pour empoisonner les moules de Murray. Vous adorez votre soeur. Elle nous a confirmé que vous êtes très proches. Vous ne supportiez pas de la voir dans cet état. De plus, à mon avis, elle vous a dit que Murray faisait chanter Walter Scott au sujet du vaccin. Murray était un homme nuisible qu'il fallait supprimer, n'est-ce pas Monsieur Thompson ? s'écria Smith. Avant de venir travailler ici au restaurant vous aviez fait un stage de six mois chez *MEDI & Cie.* Je me suis renseigné. Vous saviez comment vous procurer de la toxine botulique. Rien de plus facile pour vous ! Scott nous a signalé un cambriolage il y a deux jours. Vous avez remplacé un flacon de toxine botulique par de l'eau distillée. Nous pensons qu'après le départ de votre sœur, Murray a senti les premiers effets de la toxine botulique. Comme votre service était terminé, vous l'avez suivi jusqu'au *BLACK OWL.* Vous l'avez assommé et avez traîné un Murray inconscient jusqu'aux douches. Vous êtes certainement rentré par la porte arrière, qui n'était pas encore fermée. Il était 21 h 30. Et malheureusement les agents de sécurité se trouvaient à l'entrée de l'hôpital.

— Ce ne sont que des suppositions, et vos preuves ?

— Mais les preuves vont arriver, je viens de passer un coup de fil à notre police scientifique. Nous allons patienter quelque temps.

Thompson ne dit plus un mot. Dix minutes plus tard Maggy Richards ramena un petit flacon.

— Bien sûr que si, Monsieur Thompson. Et voici la preuve. (Il lui montra un petit flacon dans un sac plastique que Maggy venait de ramener.) La police scientifique a trouvé ce petit flacon qui contenait la toxine botulique dans vos poubelles à la maison. Vos empreintes y étaient. Et vous étiez fiché pour trafic de stupéfiants. C'était facile de retrouver vos empreintes ! Comme quoi le crime parfait n'existe pas. Mais dites-moi qui vous a donné la combinaison du coffre ? Votre sœur ?

— Non, Betty, laissez-la tranquille. Elle n'a rien fait, si ce n'est quelle avait le mauvais amant. Il l'a faite souffrir. Il l'a utilisée pour cette fameuse histoire de vaccin pour faire chanter Scott. En plus il lui a brisé le cœur. Leur relation durait depuis plus d'un an.

"Un jour quand je me trouvais dans le bureau de Walter Scott, j'ai vu qu'il était en train d'ouvrir le coffre contenant les poisons et vaccins. Il y avait une feuille qui traînait sur son bureau. Quand il eut le dos tourné, j'ai fait une photo de cette feuille avec le code du coffre marqué dessus. Vous voyez cela m'a servi. Heureusement qu'il n'avait pas encore changé la combinaison. Mais cela n'aurait pas été un problème, vu que j'ai quelques braquages de pharmacies à mon actif ! Murray était un être avide et corrompu tout comme Walter Scott. Il a mérité son sort. Je n'ai aucun regret !"

— Monsieur Thompson, vous avez le droit d'appeler un avocat, si vous n'en avez pas, il vous en sera commis un d'office. Je vous arrête pour le meurtre de Robert Murray.

Thompson baissa le regard. Des officiers de police l'emmenèrent dans sa cellule.

— Super Arthur. Admirable !

— Quel drôle de type ce Murray, pas si blanc que cela !

— Robin, nous avons arrêté trois personnes pour les délits de faux et d'usage de faux, commercialisation de médicaments non autorisés et un meurtrier qui voulait venger sa sœur. Et en peu de temps !

Le clocher de Big Ben sonna 18 heures. Smith s'empressa d'appeler Madame la Procureure Amanda King.

— Arthur et Robin, je vous invite au restaurant ce soir, si vous n'y voyez pas d'objection ? Trois délits en une seule affaire résolue en peu de temps, chapeau Messieurs ! Dans deux heures au *HARBOUR'S INN,* d'accord ?

— Très bien Madame la Procureure, nous y serons, merci. Nous allons terminer encore notre rapport et nous vous l'adresserons.

Smith appela Béatrice pour lui dire que Robin et lui allaient dîner avec Madame la Procureure.

— Elle est belle cette Amanda King ? Décidément mon mari est rapide comme un éclair ! Félicitations à vous deux.

— , Béatrice Madame la Procureure n'est pas aussi belle que toi. Hum ! Et puis Robin m'accompagne. Embrasse Abbi de ma part. Elle aura son bisou demain matin tout comme toi !

Les époux rirent aux éclats.

Hard appela la sœur de Murray pour lui confirmer qu'elle lira le nom du meurtrier le lendemain dans la presse. Il lui dit de venir signer sa déposition. Tout était prêt pour qu'elle puisse enterrer son frère. Puis il en informa Miller. Ils allaient revenir demain après-midi faire signer les dépositions des malades pour clôturer le dossier.

— Robin, comment tu trouves la sœur de Murray ?

— Ah, je vois tu me connais Arthur !

— Bien sûr j'ai vu le regard que tu lui as lancé quand nous l'avions interrogée, hum.

— Je vais essayer de l'inviter à un dîner après l'enterrement. J'ai ses coordonnées.

Ensuite Smith appela les journalistes et leur envoya l'article à publier pour le lendemain.

Dans la nuit londonienne on n'entendit plus que le cri de la chouette. Big Ben sonna 20 heures et nos enquêteurs entrèrent au restaurant. Amanda King les attendait, toute souriante.

Ce roman est basé sur la pure imagination de l'auteur. Les personnages et situations ont été inventés de toute pièce. Toute ressemblance serait due au fruit du pur hasard.

Un grand Merci à :

Jacqueline et Angèle pour leur soutien et leur patience.
Merci à toutes mes connaissances et amis pour leur soutien moral.

À BoD de m'avoir permis d'être éditée.

Edition: BoD – Books on Demand,

12/14 rond-point des Champs Elysées, 75008
Paris

Impression: BoD – Books on demand,
Norderstedt, Allemagne

ISBN: 9 782322 179831

Dépôt Légal: janvier 2021